Le sortilège de Musa-Une étincelle

roman

Emmanuelle T-Z

Mentions légales © 2020 Emmanuelle T-Z

Tous droits réservés.

"Aucune partie de livre ne peut être reproduite, stockée dns un système de récupértion ou transmise sous quelque forme que ce soit par quelque moyen que ce soit, électronique, technique, photocopieuse, enregistrement ou autre sans autorisation écrie expresse de l'éditeur."

"Toute resemblance avec des faits et des personnages actuels ou ayant éxisté serait purement fortuite et ne pourrait être que le fruit d'une pure coincidence, non voulue par l'auteur."

ISBN : 9798644484492

Couverture: Eva de Kerlan

DÉDICACE

Pour S.

"Nous ne rencontrons pas les gens par hasard, ils sont destinés à traverser nos chemins pour une raison."

"Je me demande ce que le passé nous reserve." Françoise Sagan

1

Paris, été 2019

Zoé Keller tapota le bout de son pinceau avant de le déposer sur le rebord de la fenêtre.
Elle regarda le tableau et un sentiment de fierté l'envahit. Elle l'avait commencé des années auparavant puis l'avait laissé en suspens. Et aujourd'hui, il était enfin terminé. Elle attendait impatiemment que Niko, son professeur et mentor, lui fasse part de ses commentaires. Ce qu'il fit après quelques secondes de silence qui parurent interminables à Zoé :
– Bravo !
La jeune femme rousse s'indigna:
– C'est tout ? Juste bravo ?
– Il est parfait ton tableau, rajouta son ami, le sourire

aux lèvres.

Enfin satisfaite, Zoé sentit les muscles de son corps se détendre. Elle regarda le paysage qu'elle avait le sentiment de connaître, impression certainement due au nombre d'heures qu'elle avait passé à lui donner vie. Le vert presque pastel de la lisière de la forêt contrastait avec celui plus intense du centre du tableau qui représentait le cœur de la forêt. Un cerf se tenait devant et fixait le spectateur du regard.

Bien que décrivant un paysage banal, ce tableau dégageait quelque chose de sombre et de mystérieux.

Zoé se demandait si les gens ressentiraient la même chose en le voyant. Car enfin, elle se sentait prête à affronter le regard des autres. Si pendant des années, l'idée d'être jugée la terrorisait, aujourd'hui elle souhaitait entendre la critique, quelle qu'elle soit. Elle en avait besoin pour avancer. Elle avait trop longtemps pratiqué son œuvre dans l'ombre, il était temps pour elle d'en sortir. Elle en éprouvait le besoin. Et Niko l'avait poussée dans ce sens.

Depuis deux ans, elle le rejoignait dans sa galerie pour écouter ses conseils. Grâce à lui, elle avait pris confiance en elle.

La voix de Niko la tira de sa rêverie.

– Tu es prête pour demain soir? Un premier vernissage c'est une sacrée étape dans la vie d'un peintre. Je passerai te chercher chez toi vers vingt heures, soit prête. Juste avant je dois aller récupérer un ami à l'aéroport. Il revient des États-Unis. Il nous rejoindra plus tard à la galerie.

— Un artiste ?

Le jeune homme se mit à rire et secoua vivement la tête :

— Ah non pas du tout ! Gabriel n'a rien d'un artiste, à part peut-être son fichu caractère.

Zoé ne tenait plus en place. Elle avait changé de tenue au moins une dizaine de fois pour finalement opter pour un tailleur un peu conventionnel, pantalon noir et veste de blazer assortie, qu'elle portait sur un haut blanc laissant apparaître son décolleté. Classe et sexy à la fois. Elle espérait avoir fait le bon choix. En même temps, elle se demandait qui se soucierait de sa tenue, car les invités venaient pour les tableaux et non pour les artistes. Devant la glace, elle essaya de discipliner sa crinière rousse et décida de la laisser détachée.

En pleine contemplation de son reflet dans le miroir, Zoé n'entendit pas son ami toquer à la porte. Ce dernier passa la tête par l'entrebâillement au moment où la jeune femme tentait de se donner du courage :

— Allez Zoé ! Ce soir, c'est ton soir !

Elle inspira puis souffla longuement dans l'éspoir de chasser les tensions.

La voix forte de Niko la fit sursauter :

— Dois-je prévoir une entrée à l'asile psychiatrique ?

— Tu m'as fait une peur bleue... non ça devrait aller, je pense pouvoir gérer.

— Sinon, il doit me rester un comprimé...

Il n'eut pas le temps de finir sa phrase, car Zoé lui tapotait énergiquement le bras.

– OK, OK j'arrête, promis. Allez viens, il faut y aller, car finalement je dois passer chercher Gabriel chez lui.

– D'accord. Tu ne m'as jamais parlé de lui ?

– Une fois ou deux peut-être. Il était aux États-Unis pour des raisons professionnelles.

– Il fait quoi ?

– Disons qu'il travaille comme consultant pour les services de police et garde du corps parfois.

Devant le regard étonné de la jeune femme, il poursuivit :

– Il est embauché par une société privée qui loue ses services. Souvent comme expert consultant et parfois comme garde du corps pour des clients aisés ou connus. Il a plusieurs cordes à son arc comme on dit.

– D'accord, c'est particulier, je crois que je n'ai jamais entendu ça avant.

– Tu verras, c'est un gars sympa.

Après avoir roulé une quinzaine de minutes, la voiture s'arrêta devant une bâtisse de style victorien. Niko ouvrit la portière et Zoé le rejoignit sur les marches du perron. Le jeune homme rentra dans la maison sans même prendre la peine de taper.

Un homme en jean et chemise noire se tenait debout, dos à eux, un téléphone collé à l'oreille. Il remercia son interlocuteur et raccrocha presque aussitôt.

Niko l'interpella gaiement :

-Salut, Gabe !

Lorsqu' il se retourna, Zoé se sentit soudain très mal à l'aise, impressionnée par la beauté et la prestance du jeune homme. Il passa une main dans ses cheveux blonds en bataille et la dévisagea de son regard sombre.

– Je te présente Zoé, mon élève et amie.

Il fit un pas vers elle, lui offrit un sourire en coin avant de lui tendre la main. Jamais elle n'avait trouvé un homme aussi séduisant au premier regard. Une boule s'était installée dans le creux de son estomac. La perspective d'assister au vernissage lui semblait tout à coup beaucoup moins intimidante que la présence de cet homme.

– Enchanté, moi c'est Gabriel.

Tremblante, Zoé tendit la main à son tour.

À son contact, il se raidit. Son regard se voila. D'abord surpris, il sembla tout à coup méfiant.

En un instant, Gabriel avait compris qui était Zoé.

2

Forêt de Chambaran, An 1506

Musa caressa l'arrondi de son ventre, regarda Alaric et le serra contre elle.

– Tout se passera bien, souffla Musa comme une promesse.

D'une voix douce, elle poursuivit :

– Es-tu effrayé ? Veux-tu toujours t'enfuir avec moi ?

Le visage d'Alaric se radoucit. Il serra les mains de Musa dans les siennes et y déposa un baiser.

– Où tu iras je te suivrai mon amour. Personne, aucun clan, aucune loi ne nous séparera. Mais je t'avoue ma crainte de te voir blessée, toi ou notre enfant à naître. Les protecteurs ne nous laisseront jamais tranquilles. Ils nous pourchasseront où que nous allions. Si ce que tu dis est vrai, et qu'ils peuvent avoir des visions du passé et du futur, alors ils sauront toujours où nous trouver.

Musa secoua la tête :

– Non, ils ne peuvent avoir de visions sans contact physique.

Alaric avait retrouvé son air paniqué :

– Mais ils sont des dizaines et nous sommes seuls...

– Je suis bien plus forte qu'eux tous réunis et ils le savent. Je fais partie du clan des Guerriers, Alaric, fais-moi confiance, tout ira bien.

Au même instant, des bruits de pas se firent entendre. Alaric se figea. En un rien de temps, une douzaine d'hommes les encerclèrent. Les Protecteurs. L'un d'entre eux, sans doute leur chef, prit la parole :

– Musa, je t'en conjure, il n'est pas trop tard. Rentre avec nous et laisse-nous régler ce problème !

Musa hurla. Elle serra les poings tout en essayant de contrôler sa rage.

– Le problème ? Ce n'est pas un problème, c'est un homme et je l'aime !

– Ce n'est qu'un simple mortel, Musa. Il nous est interdit de les fréquenter, tu le sais, notre secret doit être gardé. Tu nous as mis en danger Musa, la communauté tout entière. Nous devons réparer ton erreur.

Tout autour d'eux, les Protecteurs se tenaient droits, leurs arcs bandés, prêts à tirer leurs flèches.

La jeune sorcière tentait de se contrôler, mais les dernières paroles du Protecteur la mirent hors d'elle. Son corps entier se raidit. Elle ferma les yeux dans un ultime espoir de maîtrise. Elle sentit le feu monter en elle. L'air entier se chargea d'électricité.

Leur chef hurla et poussa d'un geste vif l'un de ses compagnons qui bascula dans les buissons.

Musa ouvrit les yeux. En une fraction de seconde, les corps des Protecteurs s'enflammèrent.

Une larme roula sur la joue de la jeune femme. Alors que les hurlements se faisaient entendre, elle attrapa la main d'Alaric et se mit à courir. Ils disparurent en un éclair, comme happés par l'ombre de la forêt.

3

Paris, été 2019

Gabriel tâcha de retrouver un air serein. Il avait été surpris par sa vision, mais il décida de ne plus rien laisser paraître jusqu'à ce qu'il ait des explications. Pourquoi Niko ne lui avait-il rien dit ? Peut-être pensait-il que cela n'avait aucune importance. Après tout, cela faisait deux ans qu'il avait quitté Paris… Il était à New York la dernière fois qu'il avait assisté à un regroupement de la confrérie. Il essaierait d'avoir des réponses auprès de son ami, une fois le vernissage terminé.

Il attrapa ses clés et son blouson sans quitter la jeune femme des yeux.

– Alors comme ça vous êtes artiste peintre ?

Zoé s'était sentie gênée lorsqu'elle avait croisé le regard de Gabriel, mais bien plus encore lorsque ce dernier lui avait serré la main, un air étrange sur le visage. Elle essaya de cacher son étonnement. Après tout, Niko lui avait bien dit qu'il avait un drôle de caractère...

— Non, je ne me qualifierai pas de peintre. Je fais ça sur mon temps libre.

— Et bien pour une amatrice, il paraît que vous êtes assez douée.

Le compliment la fit rougir ce qui n'échappa pas à Gabriel. Il la trouva encore plus jolie lorsqu'elle rougit et il fut tenté de continuer à la mettre mal à l'aise. Mais Niko l'arrêta dans son jeu lorsqu'il tapa dans ses mains en déclarant qu'il était temps d'y aller.

La voiture les déposa à la galerie quelques minutes plus tard. Les employés étaient en train de finir les préparatifs en suivant les consignes que Niko leur avait laissées. Il vérifia tout une bonne dizaine de fois et montra à Zoé l'emplacement qu'il avait choisi pour son tableau et ses croquis. Elle fut émue de voir son œuvre ainsi affichée aux yeux de tous. Elle espérait qu'à défaut d'être acheté, il puisse susciter un minimum d'intérêt pour les invités.

Derrière elle, Gabriel fixait avec intensité la forêt.

— Niko a raison, vous avez du talent. Ce paysage me parle et je ne saurais dire pourquoi.

— Merci, c'est gentil. C'est le principe de l'art. Un tableau vous touche ou pas. En fonction de votre sensibilité.

— Je n'ai aucune sensibilité. Surtout pour l'art !

Étonnée, la jeune femme ne savait pas si elle devait poursuivre la conversation dans ce sens. Elle hésita puis lança :

— Pourquoi assister à un vernissage dans ce cas ?

— Niko m'a affirmé que ce soir je verrai... de jolies choses.

Son regard noir était posé sur elle et elle crut déceler un sous-entendu ou bien peut-être se faisait-elle des idées.

Gabriel jubilait. Il adorait la mettre mal à l'aise. Il la voyait se tortiller et passer la main dans sa chevelure de feu, cherchant une réponse à lui faire. Elle se contenta de sourire avec un hochement de tête.

— Venez, je vous offre un verre pour vous détendre. Ne vous inquiétez pas, les gens vont adorer votre tableau.

— Comment pouvez-vous en être certain ? Vous n'êtes même pas amateur d'art.

— Bien envoyé. Mais ce n'est pas exactement ce que j'ai dit...

Décidément, cet homme était difficile à suivre. Elle accepta le verre de rosé qu'il lui tendait et le porta à ses lèvres. Elle regardait les invités passer la porte d'entrée et saluer Niko qui semblait très occupé. Elle avait le sentiment que Gabriel l'observait et elle préféra ne pas se tourner dans sa direction.

Cette soirée la mettait au supplice. Elle se sentait intimidée, car elle n'avait pas l'habitude des mondanités. Elle était très inquiète à l'idée de voir son tableau jugé par des inconnus et pour couronner le tout, cet homme n'arrangeait pas les choses. Lui, à l'inverse, semblait être dans son élément. Il ne cessait de saluer les invités et de serrer des mains. Pourtant, il ne perdait pas une occasion pour la regarder.

Soudain, il se rapprocha d'elle, la présenta aux personnes se trouvant près d'eux et engagea la conversation autour de son tableau.

La soirée passa rapidement. Niko avait été un excellent hôte, Gabriel n'avait pas lâché Zoé et cette dernière avait fait sensation avec son tableau. Elle avait même concrétisé trois ventes ce qui représentait un réel succès pour un premier vernissage.

Épuisée par cette soirée, Zoé salua les garçons et décida de rentrer chez elle à pied. Niko avait encore beaucoup à faire à la galerie.

Gabriel entreprit de comprendre pourquoi ce dernier ne lui avait rien dit sur la jeune femme.

– Tu n'aurais rien oublié de me dire concernant Zoé ?

– À part qu'elle est belle et talentueuse ? Non, je ne vois pas. Pourquoi ?

– Tu es sérieux ?

– Mais où veux-tu en venir ? Tu la connais c'est ça ? J'ai bien remarqué ta tête quand tu l'as vu chez toi ce soir.

– Non, je ne la connais pas et justement c'est très étrange compte tenu de qui elle est, enfin de ce qu'elle est…

Niko arqua un sourcil. De toute évidence, il ne voyait pas de quoi son ami voulait parler. Gabe poursuivit :

– J'ai eu une vision ou plutôt une révélation quand je lui ai serré la main. Mais comment peux-tu ne pas le savoir, Zoé est une des nôtres. C'est une sorcière.

Le rire de Niko surprit Gabriel.

– Mais pas du tout ! Tu imagines bien que je l'aurai su

quand même depuis deux ans. Tous les sorciers savent se reconnaître entre eux, ce n'est pas un don réservé aux Protecteurs comme toi. Il n'y a aucun fluide, aucune magie qui se dégage de Zoé.

– C'est vrai, c'est très étrange, mais je t'assure que je l'ai senti lorsque je l'ai touchée.

Pensif, il reprit :

– Je vais tâcher de clarifier cette situation et comprendre ce qu'il en est.

– Tu es sûr qu'elle ne t'a pas simplement troublé ? Le courant à l'air de plutôt bien passer entre vous.

– Je ne vois pas de quoi tu parles ! C'est une belle femme, c'est vrai, mais je t'assure que ce n'est pas de cela qu'il s'agit. Je vais creuser et en apprendre plus sur elle.

– Et tu comptes faire comment ? Je te le dis tout de suite, ne compte même pas aborder la question avec elle, elle te prendra pour un fou !

– On verra bien.

– Gabe ! Tu ne peux pas…

Gabriel n'entendit pas la suite, car il quitta les lieux précipitamment, dans l'espoir de rattraper Zoé. Elle avait quitté la galerie quelques minutes auparavant et ses talons hauts ne lui permettaient pas d'aller bien vite. Gabriel pressa le pas. Il aperçut Zoé au bout de la rue. Il se mit à courir et la rattrapa rapidement.

– Zoé, attendez !

Lorsqu'elle entendit Gabriel crier son nom, la jeune femme se retourna. Elle fut un peu étonnée, mais pour être complètement honnête, elle avait souhaité en son for intérieur qu'il la rattrape. Peut-être allait-il lui proposer d'aller boire un verre ? Devrait-elle accepter ? Elle aurait pu continuer à s'imaginer tout un tas de scénarios, mais le jeune homme prit la parole :

— Qui êtes-vous Zoé ?

Décidément, elle s'était attendue à tout un tas de choses, mais pas à cette question.

Prise au dépourvu, elle lui répondit instinctivement :

— Zoé Keller, vous le savez déjà !

— Non, qui êtes-vous réellement ?

Elle eut presque envie de rire tellement la situation lui paraissait absurde. Sauf que l'homme qui se tenait devant elle avait l'air très sérieux.

— Je suis désolée, mais je ne comprends pas…

— Alors, je vais être plus précis, je sais ce que vous êtes Zoé, mais pourquoi nous le cacher ?

— Mais qu'est-ce que vous racontez ?

La jeune femme commençait à se poser des questions. Elle ne le connaissait pas vraiment et elle se retrouvait seule avec lui en pleine nuit. Et, il tenait des propos incohérents. Gabriel voyait bien qu'elle ne feignait pas la surprise. Elle avait vraiment l'air de ne rien comprendre. Comment pouvait-elle ignorer sa véritable nature ? On naissait sorcier, c'était dans nos gènes…

Il lança sans aucun autre préambule :

— Je sais que vous êtes une sorcière !

— Ah, tiens donc ! On m'a déjà affublée d'un tas de petits noms, mais j'avoue que sorcière c'est une première, d'autant plus qu'on se connaît à peine !

— Je ne plaisante pas Zoé, une vraie sorcière.

Elle s'arrêta de sourire lorsqu'elle comprit que son interlocuteur était sérieux.

Surtout lorsqu'il rajouta :

— Je sais que vous faites partie de notre communauté, comme Niko et moi.

Elle recula d'un pas.

— D'accord, écoutez, vous me faites peur, je vais rentrer chez moi.

— Vous pouvez arrêter de faire semblant. Pourquoi cherchez-vous à cacher la vérité ? Êtes-vous en danger ?

Oui, elle l'était… et le danger c'était lui ! Cet homme était fou, il n'y avait pas d'autre explication. Évidemment, pour une fois qu'elle rencontrait un homme séduisant et qui semblait s'intéresser à elle, il fallait qu'il soit fou…

Il se rapprocha d'elle et l'attrapa par le bras. Elle étouffa un cri.

— Laissez-moi partir ! Lâchez-moi ou je hurle !

Gabriel desserra son emprise, mais ne la lâcha pas pour autant. Il voulait comprendre, que lui cachait-elle ? Il scruta son regard pour voir si la jeune femme mentait, mais il n'y vit qu'une profonde frayeur. Il reprit d'une voix calme :

— Vous ne courez aucun risque avec moi. Je fais partie du clan des Protecteurs, si quelqu'un vous menace, je pourrai vous protéger…

Zoé blêmit.

— Mon Dieu ! Mais vous croyez vraiment ce que vous dites !

Elle allait s'enfuir lorsqu'elle vit Niko qui arrivait en courant, tout essoufflé.

– Ton ami est complètement fou ! Des sorciers ! Il faut qu'il se fasse soigner !

Gabriel tenta le tout pour le tout. Même s'il ne comprenait pas comment cela pouvait être possible, Zoé semblait sincère. Il en avait trop dit pour s'arrêter là. Il décida de lui prouver qu'il ne mentait pas. Il attrapa les mains de la jeune femme et lui demanda de la regarder dans les yeux.

Son ami paniqua :

– Ne fais pas ça, Gabe ! Tu te trompes !

Mais le sorcier était sûr de lui, ses pouvoirs ne l'avaient jamais trahi. Cette femme était une sorcière.

Il se concentra un instant, baissa les paupières avant de les rouvrir, laissant apparaître des iris jaune orangé.

Zoé sursauta avant d'être prise de panique. Niko essaya de la calmer, en vain.

– Qui êtes-vous ? Ne m'approchez plus…

La jeune femme recula, buta contre le mur avant de se mettre à courir.

Niko applaudit.

– Ah, mais bravo ! Joli coup !

– C'est bon ! Arrête !

– Non, mais qu'est-ce qu'il t'a pris ? Tu viens de révéler notre secret à une mortelle.

– Combien de fois vais-je devoir te le dire ? Zoé est une sorcière !

Il articula et détacha chaque syllabe du mot.

– Me suis-je déjà trompé une seule fois avec mes

visions ?

Niko dû admettre que non. Son ami était un Protecteur. Il avait la capacité rien qu'en touchant les gens d'avoir des visions ou parfois juste des intuitions. Il tenait ce don de ses ancêtres. Il s'en servait dans le cadre de son travail et il était très doué. Dernièrement, des sorciers de Manhattan avaient fait appel à lui pour enquêter sur des disparitions. Les deux adolescentes avaient été retrouvées saines et sauves au bout de quelques jours et cela grâce à lui.

Mais il se demandait tout de même comment Zoé pouvait ne pas être au courant. Elle vivait comme une simple mortelle parmi les mortels.

– On doit peut-être informer nos dirigeants ?

– Pas maintenant. On doit d'abord être sûr qu'elle ne court aucun danger.

Toute la journée, Niko avait essayé de joindre Zoé, mais elle ne décrocha pas. Son téléphone était sur répondeur, elle devait sûrement filtrer ses appels.

Il l'imaginait paniquée. Il lui avait laissé plusieurs messages en lui demandant de le rappeler. Il voulait qu'elle sache qu'elle n'avait rien à craindre et qu'il désirait s'expliquer sur ce que son ami lui avait dit.

Gabriel, qui venait d'arriver, lui demanda :

– Alors elle t'a rappelé ?

– Non, toujours rien. En plus, je dois m'absenter quelques jours. Je dois aller sur Toulouse acheter un tableau.

Je vais garder mon téléphone avec moi autant que possible, mais je ne pourrai pas répondre si je suis avec mes interlocuteurs. Tiens-moi au courant s'il se passe quoi que ce soit.

Gabriel promit et salua son ami.

Le soir même, le jeune sorcier sortit de la douche quand il entendit frapper à sa porte. Il attrapa une serviette, la noua autour de sa taille et descendit l'escalier en courant.
Il ouvrit la porte et resta surpris lorsqu'il trouva Zoé sur le seuil.

Son visage était fermé et laissait apparaître des marques de fatigue. Elle avait beau être perturbée, la vision du torse musclé de Gabriel la déstabilisa. Très vite, elle tâcha de reprendre ses esprits et lui lança :

– Vous me devez des explications.

– Rentrez, je vais enfiler un pantalon et un tee-shirt et je reviens.

Zoé s'assit sur le canapé et croisa les mains contre sa poitrine, nerveuse. Était-elle en danger ? Avait-elle bien fait de venir ici ? Niko avait toujours été bon avec elle, elle pensait pouvoir lui faire confiance.

Lorsque Gabriel réapparut, il portait une tenue plus adaptée. Même si Zoé n'était pas d'humeur à batifoler elle ne pouvait s'empêcher de le trouver séduisant et l'image de son torse musclé lui revint en mémoire.

– Je vous sers à boire ?

– Non, ça ira. Je n'arrive pas à joindre Niko. Je suis

allée à la galerie, on m'a dit qu'il n'était pas là. Du coup, il ne restait plus que vous. Gabriel, je vous retourne la question que vous m'avez posée la dernière fois : qui êtes-vous ? Les sorciers, cela n'existe pas ! Pourtant, j'ai bien vu… vos yeux.

– Donc, vous savez que cela existe. J'en suis un et Niko aussi. J'appartiens au clan des Protecteurs, Niko à celui des Érudits. Aujourd'hui ces clans n'ont plus trop d'importance. Mais ils en avaient pour nos ancêtres. Ils les avaient créés en fonction de leurs pouvoirs. Vous aussi vous êtes une sorcière et je ne comprends ni comment ni pourquoi vous n'êtes pas au courant. Vous avez des pouvoirs ?

Elle secoua la tête. Des pouvoirs ? Bien sûr que non ! Elle venait d'une famille banale. Son père avait abandonné sa mère avant même sa naissance et cette dernière était décédée deux ans auparavant, raison pour laquelle Zoé avait quitté la province pour tenter sa chance à Paris. Jamais sa mère n'avait évoqué quoique ce soit sur le sujet. Elle pouvait assurer avec certitude que si elle avait eu le moindre pouvoir, elle s'en serait déjà servie un bon nombre de fois. Ne serait-ce que pour perdre les kilos qu'elle pensait avoir en trop !

Zoé éprouvait le besoin de savoir et de comprendre.

– Vous pouvez… refaire le truc avec vos yeux ?

Gabriel cacha sa surprise et pensa qu'elle devait avoir besoin de le revoir pour le croire. Il laissa son pouvoir se diffuser dans ses veines et la couleur de ses iris vira du noir au jaune intense.

– Comment faites-vous cela ?

– Je ne sais pas, c'est en moi.

– Vous avez d'autres pouvoirs ?

– Comme tous les Protecteurs, j'ai la capacité d'avoir des visions et des intuitions puissantes. C'est comme ça que j'ai su pour vous.

Zoé se sentit soudain désemparée. Toute cette histoire était incroyable. Comment, elle, Zoé Keller, pouvait-elle être une sorcière ? Une larme roula sur sa joue et Gabriel se rapprocha d'elle pour la réconforter. Maladroitement, il passa une main dans son dos.

– Tout se passera bien Zoé. J'ai cru au départ que vous vous cachiez de quelqu'un ou de quelque chose, mais vos pouvoirs sont imperceptibles, voire inexistants. Honnêtement, je ne comprends pas. Vous êtes un mystère.

– Je ne sais pas quoi vous dire… je me sens perdue.

La jeune femme s'effondra en larmes. Même si elle ne le connaissait pas vraiment, elle savait maintenant qu'elle pouvait lui faire confiance.

4

Forêt de Chambaran An 1506

Des cendres. Rien que des cendres. C'était tout ce qu'il restait de son père et de ses compagnons. Il était le dernier des Protecteurs. Bien plus intense que sa peine, la haine le submergeait tout entier. Musa les avait trahis. Elle avait osé s'attaquer aux siens pour défendre un simple mortel. Jamais, ils ne l'auraient crue capable d'un tel acte. Ils avaient fait une terrible erreur.

Amaury serrait les poings et ravalait ses larmes. Son père lui avait sauvé la vie in extremis en le jetant dans les buissons. Il les vengerait, il en fit le serment. Musa la traîtresse paierait pour ses actes.

Péniblement, Amaury parvint à se relever et il prit la direction du village.

Ses yeux lui brûlaient et il ne cessait de secouer la tête

dans l'espoir d'en faire sortir les dernières images qu'il avait de ses compagnons.

Il faisait nuit lorsqu'il atteignit le monastère occupé par les Dirigeants. Il passa la porte et chuta au sol, à bout de force.

– Amaury !

L'un des hommes du monastère l'interpella :

– Où sont les autres ? Vous avez retrouvé Musa ?

Il cria, ravalant des sanglots.

– Ils sont tous morts ! Elle les a tués !

Le jeune homme raconta en détail tout ce qu'il s'était passé.

Fous de colère, les Dirigeants prirent une décision : Musa serait pourchassée et punie pour ses actes. L'homme, lui, ne pourrait pas vivre, car il connaissait leur secret.

Musa avait tué les Protecteurs et par ce geste, elle s'était condamnée, mais elle avait aussi condamné tous ceux qu'elle aimait.

Amaury avait souhaité se charger lui-même des autres directives. La colère l'aveuglait et sa soif de vengeance ne demandait qu'à être assouvie.

En pleine nuit, il se dirigea avec quelques hommes vers les chaumières. Ils mirent le feu à la première avant de se diriger vers une autre.

Ils firent sortir une femme par les cheveux. Elle cria et s'agenouilla de douleur.

– Où irait Musa si elle devait se cacher ?

Mais la femme ne répondit pas. Elle vit jaillir des flammes devant elle et lorsqu'elle comprit d'où elles provenaient elle se mit à hurler.

5

Paris, été 2019

Gabriel regarda la jeune femme endormie sur son canapé. La pauvre était en état de choc. Elle avait pleuré une bonne partie de la nuit, mais après s'être calmée elle avait souhaité en savoir plus sur l'univers des sorciers. Il lui parla jusqu'aux premières heures du matin et elle l'écouta sans dire un mot. Elle semblait parfois surprise, inquiète, voire même apeurée. Il ne pouvait imaginer ce que la jeune femme ressentait. Elle devait avoir le sentiment qu'un autre monde s'ouvrait devant elle, et que par-dessus tout, elle en faisait partie. De quoi se payer quelques séances chez un psy.

Elle semblait à présent un peu plus apaisée et dormait depuis environ une heure. Gabriel la regarda un long moment. Il devait bien avouer que cette rencontre l'avait bouleversé. À cause du mystère qui l'entourait, mais aussi, et surtout parce qu'il se sentait attiré par cette jeune femme. Il émanait d'elle un charme étrange qui le fascinait.

Il la porta jusqu'à son lit et remonta une couverture sur elle. Il passerait la nuit sur le canapé du salon et se lèverait à coup sûr le dos en mille morceaux.

À peine avait-il fait un pas pour sortir de la chambre qu'il entendit Zoé murmurer :

– Gabriel, je ne me sens pas très bien, s'il vous plaît, restez.

Que lui était-il passé par la tête lorsqu'elle lui avait demandé de rester avec elle ? Quand Zoé s'était réveillée, elle avait vu Gabriel étendu à ses côtés. Elle avait mis quelques secondes avant de se souvenir que c'était à cause d'elle s'il était là... c'est vrai, la veille, elle s'était sentie perdue et terrorisée. Elle avait découvert tellement de choses sur le monde des sorciers auquel elle appartenait. Gabriel avait été si prévenant et attentionné qu'elle avait ressenti le besoin de l'avoir près d'elle. Mais ce matin, elle se sentait tout à coup très mal à l'aise. Elle décida de se lever, mais son regard s'attarda sur le visage du jeune homme. Il était terriblement beau. Tellement que Zoé se demanda s'il n'y avait pas un sortilège là-dessous ! Son visage était à la fois fin et anguleux. Son teint était couleur miel, mais ce qu'elle aimait le plus chez lui c'était la profondeur de son regard noir. Ce même regard qui était justement posé sur elle, alors qu'elle était en pleine contemplation ! Elle se leva d'un bond. Dans la précipitation, elle se prit les pieds dans les draps et s'étala de tout son long.

– Zoé !

Gabriel s'était précipité pour la relever et une fois qu'il vit que tout allait bien, il se mit à rire.

– Je vois que je te fais beaucoup d'effet !

– Donc, on se tutoie maintenant ?

Il la taquina :

– Après tout, on a passé la nuit ensemble.

Zoé devint rouge-écarlate. Pourquoi perdait-elle tous ses moyens face à lui ? C'était habituellement une femme forte qui ne se laissait pas facilement impressionner. Mais avec Gabriel, c'était une autre histoire....

– C'est vrai, je dois te remercier, car tu es resté avec moi cette nuit et j'avoue que je ne me sens pas du tout de rester seule en ce moment. Je n'ai besoin de personne habituellement dans ma vie, mais… je suis tellement perturbée par toute cette histoire.

Gabriel redevint sérieux et s'assit face à elle.

– C'est normal Zoé. Il va falloir du temps pour te faire à l'idée.

La jeune femme acquiesça.

– Peut-être as-tu envie de faire quelque chose, une balade une sortie ? Je ne sais pas, quelque chose qui te ferai sentir mieux.

– Et bien, puisqu'on en parle....

Gabriel fut rapidement de retour. Il avait récupéré un châssis et de la peinture à l'atelier de Niko. À sa grande surprise, Zoé lui avait fait part de son besoin de peindre.

Elle s'était mise à mélanger des couleurs et elle balayait la toile avec son pinceau en effectuant des gestes qu'elle semblait maîtriser à la perfection. Gabriel ne pouvait détacher son regard d'elle. C'était comme lorsqu'il avait une vision : son cœur s'accélérait, tous ses sens étaient en alerte…

6

Hiver 1506

L'adolescent était caché sous le lit lorsqu'il entendit les hurlements de sa mère. Un homme était rentré dans la chaumière et les avait forcés, elle et son frère, à le suivre à l'extérieur. Il se doutait qu'ils allaient revenir pour lui. Il ne comprenait pas très bien ce qu'il se passait, mais il savait que sa cousine Musa avait des ennuis avec les Dirigeants. On lui avait juste dit qu'elle s'était mise dans le pétrin en s'entichant d'un simple humain.

Des gouttes de sueur perlaient à son front, ses mains tremblaient. Il avait peur. Il sursauta lorsqu'il vit quelqu'un derrière la seule ouverture de la maisonnée. Il reconnut son voisin, un jeune avec qui son frère travaillait aux champs. Prenant son courage à deux mains, il se releva et ouvrit le loquet.

– Viens Richard, dépêche-toi !

Il se glissa par la petite ouverture et atterrit sans bruit dans la boue.

– Qu'est-ce qu'ils font à ma mère ? Je dois aller la chercher !

Il l'entendait pleurer et supplier.

Le jeune garçon l'empoigna fortement et le secoua légèrement.

– Tu ne peux plus rien pour eux, ils ont mis le feu à la maison de ton oncle et ils vont en faire de même avec la tienne. Ils cherchent Musa.

– Mais pourquoi ?

– Elle a tué les Protecteurs qui étaient venus la chercher.

Ils avançaient sans bruit dans l'obscurité. Richard pleurait en silence.

Il était aussi en colère : Musa avait commis une grave erreur en agissant de la sorte, mais il savait qu'elle l'avait fait par amour. Il s'était toujours bien entendu avec elle. Musa était gentille et prenait souvent soin de lui. Il avait vu sa cousine tellement épanouie ces derniers temps. Cet Alaric la rendait heureuse. Il ne comprenait pas pourquoi elle ne pouvait pas l'aimer. Plus il y pensait, plus sa colère grandissait. Les dirigeants étaient des monstres ! Ils empêchaient les gens de vivre leur vie comme ils le voulaient et surtout c'étaient des meurtriers ! Ils avaient tué toute sa famille.

Richard se fit une promesse. Jamais il n'obéirait à ces

gens. Ni lui, ni ses enfants et les enfants de ses enfants s'il avait la chance de survivre pour en avoir. Et un jour, ils ne pourraient plus diriger le clan des sorciers. Un jour, les sorciers seraient libres.

7

Paris, été 2019

Zoé peignit toute la journée. Elle sembla comme enfermée dans une bulle dont elle ne sortit que quelques heures pour déjeuner en compagnie de Gabriel.

Ce dernier avait pour l'occasion décidé de se mettre derrière les fourneaux, ce qu'il faisait rarement. Il choisit un plat simple à réaliser : une viande marinée, accompagnée de légumes. Zoé le regardait faire avec attention.

– Pas très viril, c'est ça ?

– Mais pas du tout ! Au contraire, je trouve ça génial un homme qui cuisine ! Et puis beaucoup de grands chefs sont des hommes ! Je ne supporte pas ce cliché, les femmes cuisinent, les hommes travaillent !

– C'est vrai, c'est dépassé. Mais certains préjugés ont la vie dure.

— C'est bien dommage, j'espère qu'un jour nous arriverons à plus d'égalité entre les hommes et les femmes.

— Quand j'étais à New York, beaucoup de femmes se plaignaient de ne pas avoir le même salaire que leurs collègues masculins. New York est même la première ville au monde à avoir fait une loi pour ça.

— C'est fantastique ! On y arrivera, j'en suis sûre ! Et toi, en fait, tu faisais quoi exactement là-bas ? Niko m'a dit que tu étais consultant pour la police et garde du corps, je ne vois pas très bien le rapport entre ces deux métiers.

Gabriel sourit avant de répondre :

— Il n'y en a pas. Je travaille pour une entreprise privée qui embauche uniquement des sorciers. Je mets à profit mes pouvoirs. Mes visions me permettent de résoudre des enquêtes. Et parfois, je suis chargé d'assurer la protection d'une personne. Beaucoup de sorciers de mon clan font ce genre de métiers. Il faut bien s'adapter au monde moderne.

— Pourquoi les sorciers doivent-ils être classés dans des clans ? C'est tellement réducteur.

— On ne le fait plus aujourd'hui, mais on sait quand même à quel clan nos parents appartenaient à l'époque.

En disant cela, un voile passa devant les yeux de Zoé. Il se rendit compte qu'elle ne savait pas à quel clan elle appartenait. Et le fait qu'elle n'ait aucun pouvoir n'allait pas faciliter les choses.

Il lui proposa :

— Si tu veux, je peux essayer d'avoir des visions sur ton passé. Peut-être comprendrons-nous ce qu'il se passe ?

Bien qu'un peu effrayée, Zoé hocha la tête. Elle

éprouvait l'envie, non le besoin, de savoir qui elle était exactement et pourquoi elle n'avait aucun pouvoir. Tellement de questions se bousculaient dans sa tête.

Gabriel s'approcha d'elle. Doucement, il posa une main sur son bras. Un courant électrique le traversa, mais il ne savait pas exactement à quoi il était dû. À son pouvoir ou bien à l'attraction qu'elle exerçait sur lui. Il ferma les yeux et se laissa submerger par une force invisible.

Au départ, il ne se passa rien. Puis, il vit une femme rousse penchée sur une toile. Il vit une forêt semblable à celle que Zoé avait peinte. Et le feu. Puis tout s'arrêta. Il se concentra un instant sur cette vision, se demandant quel sens lui donner.

Quand il releva les paupières, Zoé se tenait immobile, son regard vert émeraude fixé sur lui. Elle était tellement belle. Il ne résista pas à la tentation. Tout son être se sentait attiré par elle comme un aimant. Il la saisit par la taille et pressa son corps contre le sien. Il était tellement près qu'il pouvait sentir la chaleur émaner d'elle. Il n'avait qu'une idée en tête, prendre possession de ses lèvres.

Zoé se serra contre lui. La tête lui tournait et elle avait le souffle court. Lorsque Gabriel posa ses lèvres sur les siennes, elle se laissa emporter par la passion. Depuis le premier jour, elle avait espéré se retrouver dans ses bras.

Le soir de leur rencontre, son seul souci était d'arriver à vendre quelques pièces et espérer se faire une place dans ce milieu fermé. Elle s'était sentie troublée par l'attraction qu'il exerçait sur elle. Gabriel avait tout pour plaire. Il était grand, bien bâti et il avait un sourire à en faire fondre plus d'une. Il semblait sûr de lui, parfois à la limite de l'arrogance, mais Zoé avait pu rapidement voir qu'un homme sensible et attachant se cachait derrière cette façade.

En ce moment, elle avait terriblement besoin de se sentir aimée et protégée, pourtant, elle n'était pas sûre que démarrer une histoire en ce moment était une bonne idée. Comment construire une relation quand on ne sait même plus qui l'on est ? Assaillie par le doute, Zoé recula et mit fin à leur étreinte.

Gabriel posa sur elle un regard étonné.

– Pardon, je me sens perdue…

Compréhensif, il la serra à nouveau dans ses bras et déposa un chaste baiser sur son front.

– Je comprends, prends tout le temps qu'il te faudra.

Elle lui répondit par un sourire avant de le questionner sur ses visions. Il lui raconta en quelques mots ce qu'il avait vu : une femme rousse en train de peindre, la forêt de son tableau et le feu.

– Donc pour résumer tu m'as vu en train de peindre la forêt sur mon tableau et puis il y a un feu.

D'abord songeuse, elle s'écria soudain :

– Mon Dieu ! Et s'il y avait un feu à la galerie ?

– Ne t'affole pas, mes visions ne sont parfois pas à prendre au pied de la lettre. Et surtout, elles peuvent venir du passé proche ou lointain voire même du futur.

– Un passé lointain ?

– Oui, c'est pour cela que je t'ai proposé mon aide, j'avais espoir d'avoir une vision de tes ancêtres. Je voudrais t'aider à comprendre les raisons pour lesquelles tu n'as pas de pouvoir, et quelle est ton histoire.

— Pourquoi je vis comme une simple humaine sans savoir qui je suis vraiment ?

Une larme glissa de ses longs cils courbés et roula sur sa joue. D'un geste tendre, Gabriel caressa son visage, essuyant au passage la perle salée. Il tenta de la consoler :

— Zoé, il ne faut pas pleurer...

— Gabriel, qui suis-je ? Qu'est-ce que je suis ? Je n'appartiens pas au monde des humains, et je n'appartiens même pas au tien, car je n'ai aucun pouvoir.

— Tu te trompes Zoé, j'ai pu sentir que tu faisais partie de la communauté des sorciers, j'ai senti ta force.

Il la serra de nouveau contre lui pour la réconforter.

Blottie contre son torse, Zoé avait fini par s'assoupir. Gabriel était songeur. Il avait dit à la jeune femme qu'il avait senti sa force, pourtant, il se demandait pourquoi personne d'autre n'avait pu l'identifier comme étant une sorcière.
Soudain, la jeune femme s'agita. Elle poussa un cri et se réveilla en sursaut.

Elle plongea ses yeux émeraude dans ceux de Gabriel, cherchant à reprendre pied avec la réalité. Le jeune sorcier glissa une main dans sa chevelure rousse pour l'apaiser. Il chuchota :

— Un mauvais rêve ?

— Toujours le même... c'est de ce rêve que m'est venue l'inspiration pour mon tableau. Je ne suis pas vraiment dans ce rêve, mais je me sens mal et terrorisée. Je vois une femme courir, mais je ne vois jamais son visage.

– Ce n'est rien, juste un cauchemar.

Mais Gabriel commençait à se demander si tout ceci n'était pas en lien avec son passé.

8

Hiver 1506, près du village de Chasselay

— Jehanne ?
— Pourquoi pas !
— Et Kay si c'est un garçon ! J'adore ce prénom, tu en penses quoi Alaric ?
— C'est parfait mon amour.
— Tu es trop gentil tu dis oui à tout…
— Comment pourrais-je refuser quelque chose à la mère de mon enfant ?

Alaric attrapa Musa par la taille et la fit s'asseoir sur ses genoux. Il caressa l'arrondi de son ventre. D'ici peu, le bébé serait parmi eux. Il se sentait à la fois heureux et terrorisé. Non pas par son futur rôle de père, il était prêt, il n'en doutait pas. Mais une ombre planait au-dessus de leur tête, menaçant de faire basculer leur bonheur à chaque instant. Les sorciers. Ces derniers étaient sûrement toujours à leur recherche et même si Musa ne disait rien, il savait qu'elle ne dormait pas d'un sommeil paisible. Il l'avait surprise à plusieurs reprises en train de poser des herbes tout autour de la maison et il l'entendait répéter des incantations. C'était sûr, ils étaient en sécurité, disait-elle.

Elle se releva et s'approcha de l'âtre.

– Tu te souviens du jour de notre rencontre ? J'avais involontairement mis le feu au vieux chêne dans la cour du vieux Kamish. Le guérisseur aurait été furieux s'il avait vu cela ! Heureusement, tu passais par là et tu m'as aidé à éteindre les flammes... j'ai eu peur pour toi !

À ce souvenir, Alaric se mit à rire d'un rire profond.

– On était si jeunes ! Encore des enfants...

– Par la suite, on ne s'est plus revus pendant longtemps. On s'est recroisés par hasard au village.

Et puis, j'ai fini par t'avouer que c'était bien moi qui avais mis le feu à cet arbre. J'avais peur que tu partes en courant. Mais tu es resté. Et moi, j'ai continué à apprendre à maîtriser mon pouvoir.

Mes parents ont tout fait pour...J'aimerais tellement les voir et leur dire que nous allons avoir un enfant. Je me demande si je les reverrai un jour.

– Je m'en veux un peu, Musa. Tu es restée pour moi.

– Mais non, ne va pas croire ça, idiot. Je n'avais tout simplement aucune envie de marcher pendant des semaines, tout cela pour découvrir et explorer un autre territoire !

Leurs rires résonnèrent dans la chaumière. Très vite, Musa reprit un air sérieux.

– Je ne regrette rien, Alaric. Tout ce que j'ai fait, je l'ai fait pour toi, par amour. Et contre leur stupide règle ! Pourquoi une sorcière ne pourrait-elle pas aimer un humain ?

– Selon eux, nos deux mondes ne sont pas faits pour coexister. Et les hommes ne doivent pas connaître votre existence.

Alaric se racla la gorge, sachant pertinemment que ce qu'il s'apprêtait à dire allait mettre sa compagne en colère :

– Sur ce point, et seulement celui-là, je ne leur donne pas tort.

– Quoi ? Mais comment peux-tu dire ça ?

– Doucement, mon amour. Tu ne dois pas te mettre en colère dans ton état. Je dis juste que tu as peut-être un peu trop foi en l'Homme, car s'ils savaient pour vous, je suis sûr qu'ils vous pourchasseraient et que tout serait très compliqué.

Musa s'apprêtait à répliquer lorsqu'elle sentit un liquide glisser le long de ses jambes... Le bébé allait bientôt arriver.

9

Été 2019, au domicile de Gabriel

– Je ne suis pas sûr pour l'instant de vouloir en parler aux Dirigeants.

Son smartphone collé à l'oreille, Gabriel arpentait la pièce de long en large, un air soucieux sur le visage.

– Oui, je sais très bien que je ne vais pas pouvoir garder le silence trop longtemps. Merci d'avoir accepté de venir, je vous attends.

Gabriel raccrocha et rangea le téléphone dans une des poches de son jean.

Il tenait à Zoé bien plus qu'il ne voulait se l'avouer. Il avait peur pour elle, mais la garder dans l'ombre ne résoudrait aucun problème. Ils pouvaient bien sûr rester enfermés chez lui et espérer avoir des visions pour comprendre et clarifier la situation. Même s'il appréciait fortement ce tête-à-tête improvisé, il savait pertinemment que ce n'était pas la solution. Surtout qu'il n'avait aucune garantie de pouvoir trouver la réponse juste en faisant usage de ses pouvoirs.

— Gabriel !

La voix douce et suave de Zoé le fit se retourner. Elle se levait à peine et portait un tee-shirt lui appartenant et qui lui allait deux fois trop grand. Pourtant, il ne pouvait s'empêcher de la dévorer des yeux.

Il la regarda s'avancer vers lui d'un pas nonchalant et lui proposa :

— Un café ?

La jeune femme acquiesça d'un signe de tête.

Gabriel allait devoir l'informer que deux de ses amis allaient venir. Il ne savait pas s'il devait lui dire toute la vérité au risque de la faire paniquer. Il décida que cela pouvait attendre encore un peu.

— Combien de sucres ?

— Trois, merci.

— Trois ?

— Eh bien quoi ! J'aime quand mon café est bien sucré !

Il leva les mains en l'air en signe de reddition, mais continua de la taquiner.

— OK, OK, pas de soucis, je peux même t'en mettre quatre si tu veux.

Elle s'approcha de lui faisant mine d'être vexée.

— C'est parce que je suis trop grosse c'est ça et tu penses que je devrai faire attention au sucre…

Il s'engageait sur un terrain miné. Il avait eu beaucoup de conquêtes, mais aucune n'avait passé le cap de l'histoire sans lendemain. Il était bien trop occupé par son travail. Malgré tout, il connaissait les femmes et il savait que c'était une question piège. Il s'empressa de répondre :

– Pas du tout, Zoé, tu es splendide... même parfaite.

Et il le pensait réellement. Elle était plutôt petite et ne devait pas peser plus de cinquante kilos. Beaucoup de femmes auraient envié sa silhouette.

Il vit apparaître un sourire satisfait sur le visage de la jeune femme. Elle se délectait sans gêne du compliment. Elle continua avec l'envie évidente de poursuivre leur petit jeu matinal :

– Donc trois sucres, et en plus d'habitude je le prends au lit !

– Ah, excusez-moi Princesse, je vous promets de vous l'apporter au lit demain matin.

Zoé fit la moue.

– Je ne vais pas squatter chez toi indéfiniment.

– Tu es la bienvenue ici et tu peux rester aussi longtemps que nécessaire.

– Merci.

Gabriel profita de ce moment de sérieux dans la conversation pour rajouter :

– Zoé, j'ai demandé à deux de mes amis du clan des Protecteurs de passer nous voir, peut-être, pourront-ils nous aider.

– D'accord, je te fais confiance, alors si tu penses que c'est bien, ça me va.

En tout cas, il l'espérait...

Zoé eut à peine le temps de finir son petit déjeuner et de se préparer que la sonnette retentit. Elle se sentait stressée par cette entrevue. En fait, tout l'inquiétait depuis qu'elle savait qu'elle était une sorcière.

Une sorcière... rien que le fait de dire ce mot dans sa tête lui paraissait incroyable. Il lui faudrait vraiment du temps pour se sentir à l'aise avec tout ça, c'est sûr. Elle se savait chanceuse d'avoir près d'elle des personnes comme Gabriel et Niko. Elle n'était pas seule. Il avait accepté de la recevoir chez lui et elle lui en était reconnaissante.

Elle finit de tresser ses cheveux à la hâte et s'empressa de rejoindre les nouveaux venus.

Gabriel se trouvait face à la porte d'entrée et lui tournait le dos. Il parlait avec deux hommes. L'un était blond et trapu. Il portait un costume noir et semblait revenir d'un enterrement. L'autre était tout son opposé : grand, élancé et brun, il était vêtu simplement, tee-shirt et pantalon noir. Même si, comme disait l'expression, l'habit ne fait pas le moine, Zoé n'avait instinctivement pas envie de se fier au premier homme. Mais elle se rassura en se disant que c'était en Gabriel qu'elle croyait. Ce dernier se tourna vers elle en l'entendant arriver et la présenta aux autres.

– Zoé, voici André et Thomas, ce sont les amis dont je t'ai parlé.

Elle les salua poliment d'un sourire, mais aucun son ne sortit de sa bouche.

Elle avait intercepté leur regard et cela ne lui inspirait

rien de bon.

Avait-il bien fait de les faire venir ? Qu'elle aide pouvait-il bien lui apporter ? Pouvait-on seulement l'aider ? Elle craignait ne jamais connaître la vérité la concernant.

Tout se bousculait dans sa tête, elle commençait à se sentir mal et à être prise de vertige. Elle tenta de se rattraper au mur, mais chuta lourdement sur le sol. Alerté par le bruit, Gabriel se précipita vers elle, mais n'arriva pas à temps. Il la souleva pour la porter sur le canapé quand il s'arrêta net, saisit par l'image d'une vision. Il ne vit que le feu. Des flammes jaillissant de nulle part, léchant les arbres et détruisant tout sur leur passage. Et au milieu se trouvait la jeune femme rousse.

Bien que choqué par la violence des images qui venaient de défiler devant ses yeux, Gabriel tâcha de se ressaisir rapidement et déposa Zoé sur le sofa moelleux du salon. Tout doucement, il tapota sa joue dans l'espoir de la voir réagir. La jeune femme gémit et ouvrit doucement les yeux cherchant à retrouver ses esprits.

– Hé, princesse, tu m'as fait peur. Comment te sens-tu ?

– Ça va… je ne sais pas ce qu'il m'arrive. Sûrement le stress des derniers jours.

Il effleura son visage du bout des doigts tout en espérant ne pas déclencher de nouvelles visions. Il en avait assez vu pour aujourd'hui et il ne comptait pas lui en parler pour l'instant. Elle était déjà bien assez éprouvée.
Il lui caressa doucement le front et écarta une mèche rebelle qui collait à sa peau. La jeune femme se redressa pour mieux

se blottir contre lui.

Derrière eux, Thomas et André assistaient à la scène sans rien dire. Ils se jetaient par moment des regards de connivence que Gabriel ne sut interpréter.

Il déposa un baiser sur la joue de Zoé avant de se lever pour les rejoindre.

Il s'excusa auprès d'elle et demanda à ses amis de le suivre dans un endroit plus isolé où cette dernière ne pourrait les entendre.

Un peu énervé, il leur demanda :

– À quoi vous pensez tous les deux ?

Visiblement gênés, ils se regardèrent un moment puis Thomas prit la parole :

– On ne sait pas ce qu'il se passe ici, entre cette femme et toi. Ce qui est sûr c'est qu'elle n'est en aucun cas l'une des nôtres.

– C'est impossible ! Je l'ai senti le soir où je l'ai rencontré.

Gentiment, André se moqua de lui :

– Ce que tu as ressenti c'est peut-être le coup de foudre !

Le jeune homme s'énerva et ses invités s'arrêtèrent de rire immédiatement.

Gabriel n'était pas le genre d'homme que l'on avait envie de se mettre à dos.

– Ne me prenez pas pour un idiot ! Il n'est pas question de mes sentiments pour elle. Je suis sûr de moi.

– Désolé l'ami. Pour nous, ce n'est qu'une simple mortelle. On ne ressent rien.

Les deux sorciers promirent de revenir à leur retour des États-Unis. Ils se sentaient désolés pour leur ami, et sa contrariété ne leur échappait pas.

Gabriel les remercia et les regarda partir. Il s'assit sur la chaise de la cuisine et se prit la tête entre les mains. Il ne comprenait plus rien. Il avait d'abord pensé que son ami Niko faisait erreur, mais aujourd'hui deux autres Protecteurs venaient confirmer ses dires. Était-il possible que ses sentiments pour Zoé fassent dysfonctionner son pouvoir ? L'idée ne fit que lui traverser l'esprit. Il savait qu'il ne se trompait pas. Restait à comprendre pourquoi il était le seul à pouvoir sentir que Zoé était une des leurs.

Il savait qu'elle allait lui demander ce que ses amis avaient pensé. Il lui avait déjà menti par omission en ne lui parlant pas de sa vision et il ne pouvait pas continuer dans ce sens. Il n'aimait pas ça. Son intention avait beau être noble, il s'agissait de sa vie, il devait lui dire. Sauf qu'il se sentait responsable de son état. C'était lui qui était allé la chercher pour lui annoncer qu'elle était une sorcière. Et là, il devrait lui dire que ses amis étaient sûrs du contraire. Pire encore. Gabriel savait qu'il l'avait mise en danger. Si par malheur les Dirigeants entendaient parler d'elle, ils voudraient l'éliminer, car désormais elle connaissait leur secret.

Et si Gabriel avait dit à Zoé que certaines règles et pratiques avaient évolué avec le temps, il en restait une que les dirigeants continuaient d'appliquer : tuer tous les mortels qui étaient au courant de l'existence des sorciers.

Retrouvant peu à peu ses esprits, Zoé se leva doucement et se dirigea vers la salle d'eau. Elle voulait prendre un bain et espérait pouvoir ainsi se détendre. Elle avait jeté l'équivalent de la moitié du flacon de douche dans l'eau et la mousse flottait tel un nuage tout autour d'elle.

Il fallait qu'elle se ressaisisse. Elle avait connu bien des épreuves, mais jamais elle ne s'était sentie aussi fragile. C'était comme perdre le sens des réalités. Malgré tout, elle se connaissait : une fois la nouvelle digérée, elle serait à nouveau celle qu'elle avait toujours été, une femme forte. Zoé inspira et expira à plusieurs reprises pour canaliser ses émotions.

Elle ferma les yeux et le visage de Gabriel lui apparut. Pourquoi l'avait-elle repoussé l'autre jour ? Elle savait que c'était une sage décision. Mais au fond, elle n'attendait qu'une seule chose : qu'il revienne vers elle.

10

En l'an 1506

Après de longues heures de souffrance, Musa mit l'enfant au monde. Même s'il était inquiet, voire effrayé par moment, Alaric fit preuve de courage et de sang-froid.
L'enfant cria immédiatement. Son père coupa d'un geste hésitant le cordon et l'enveloppa dans une couverture de laine douce et duveteuse. Son visage, jusqu'à présent fermé, se fendit d'un large sourire. Fièrement, il annonça à Musa que c'était une fille.

– Jehanne, murmura la jeune femme, les yeux pleins de larmes.

Elle se sentait faible, mais avança les bras pour attraper son enfant et le serrer contre elle. Après les efforts qu'elle avait dû fournir, elle savourait enfin la récompense. Elle regardait sa petite fille avec admiration.

Ses cheveux étaient roux comme les siens, mais elle avait les yeux verts de son père. Elle était magnifique. Dans sa poitrine, son cœur se gonfla, comme empli par un trop-plein d'émotion. Jamais elle n'avait ressenti de l'amour avec une telle intensité. Le nez collé contre la joue de sa fille, elle chuchota :

– Bienvenue au monde ma petite Jehanne.

Elle berça doucement l'enfant avant de la mettre au sein pour la nourrir.

Musa aurait secrètement aimé avoir ses parents près d'elle et pouvoir partager cet instant de bonheur avec eux. Elle les avait laissé partir vers une autre contrée quelque temps auparavant. La décision de rester pour Alaric avait été une évidence. Elle ne regrettait pas ce choix, seulement l'absence de sa famille.

Alaric et elle étaient seuls. Ils avaient été contraints de fuir, au départ pour vivre leur vie ensemble, à présent pour une question de survie.

Mais elle savait que cet homme serait toujours là pour elle. Et ils allaient se construire une belle vie, une vie de famille.

– Tu es bien songeuse, Musa.

Elle lui sourit avant de lui répondre de la façon la plus calme possible, car elle savait qu'Alaric était toujours soucieux. Elle le voyait se lever la nuit et sortir surveiller l'horizon. Il avait choisi de l'aimer, mais il n'avait pas choisi de vivre dans l'angoisse de voir un jour arriver des sorciers désireux de les tuer.

– Tout va bien Alaric, je suis si heureuse.

Alaric se rapprocha d'elle et de leur enfant. Il caressa la joue de la jeune maman puis posa un regard attendri sur sa fille.

Oui, Musa n'avait jamais été aussi heureuse, mais elle n'avait jamais été aussi inquiète. Elle savait que la vie de ceux qu'elle aimait était en danger. Se cacher ne suffirait pas. Elle devait trouver une autre solution. Et vite.

L'enfant dormit quelques heures avant de se réveiller en pleurs. Musa ne trouva pas le sommeil. Elle avait l'impression d'être dans un épais brouillard. Elle cherchait sans cesse un moyen de se mettre à l'abri et d'échapper aux dirigeants. Elle savait qu'ils n'abandonneraient pas et qu'ils continueraient de fouiller chaque village.

Ils n'avaient pas le choix, ils devraient continuer leur route sans rester trop longtemps au même endroit.

Mais Musa doutait… Était-ce faisable ? Pouvait-elle condamner sa famille à une vie d'errance ? Avait-elle le droit de faire d'eux des fugitifs ? Elle pensait surtout à sa fille : elle méritait une vie posée et stable dans un village où elle pourrait s'épanouir entourée d'autres enfants. Le cerveau de Musa était en ébullition. Elle avait beau chercher, peu d'options lui semblaient envisageables. À dire vrai, une seule solution lui apparaissait possible. Et celle-ci lui brisait le cœur.

11

Paris, Été 2019

Zoé sentit la douce chaleur des rayons du soleil filtrer à travers les volets. La nuit passée avait été difficile. Elle n'avait pas réussi à s'endormir, car son esprit était obscurci par les derniers événements. Gabe lui avait parlé de son entrevue avec ses amis Protecteurs. Pour être honnête, elle n'y comprenait plus rien. Et si Gabriel s'était trompé ? Après tout, elle trouvait qu'elle n'avait rien d'une sorcière…

Elle était encore dans un état de somnolence lorsqu'elle entendit la porte s'ouvrir dans un couinement discret. Elle s'efforça d'ouvrir un œil, puis l'autre, au prix d'un énorme effort. Gabriel se tenait là, debout dans la pénombre, le regard malicieux et le sourire aux lèvres. Il tenait dans ses bras un plateau chargé de tout un tas d'aliments, jus de fruits, viennoiseries…

– Allez, debout Princesse ! Le petit déjeuner est servi !

Il déposa les victuailles sur la table de chevet, ouvrit en grand les rideaux avant de se jeter sur le lit.

– Oh non ! La lumière !

Zoé se cacha les yeux dans une tentative désespérée de prolonger sa nuit.

– Allez marmotte ! Il est déjà onze heures du matin ! j'ai même hésité à préparer un brunch pour le coup !

Vaincue, elle s'assit sur le rebord du lit et attrapa le plateau.

– Je n'en reviens pas que tu m'aies prise au sérieux.

Comme à son habitude Gabriel la taquina :

– N'en prends pas l'habitude surtout !

Elle lui sourit et le jeune homme repensa à ses réelles motivations. Après toutes ces révélations, la jeune femme avait bien mérité qu'on prenne soin d'elle.

Ils prirent leur déjeuner puis chacun vaqua à ses occupations : Gabriel passa quelques coups de fil en lien avec son travail et Zoé continua de peindre son tableau, sans grande motivation.

En début de soirée, ils décidèrent de s'installer au salon pour regarder un film.

Si le sorcier ne trouvait pas de solution au problème, il pouvait tout de même veiller à son bien-être. Et si lui ressentait du bonheur en passant du temps en sa compagnie, il devait en être de même pour la jeune femme.

Ils ne se connaissaient que depuis quelques jours et pourtant ils avaient le sentiment que cela faisait une éternité.

C'était tellement cliché et pourtant il existait une sorte de connexion entre eux, de lien invisible.

Le choix du film fit débat et chacun proposa le sien.

– La cité des anges avec Nicolas Cage !

Gabe leva les yeux au ciel.

– Si tu veux un film avec lui, alors mettons plutôt Les ailes de l'enfer.

La jeune femme fit une moue boudeuse et l'implora.

– S'il te plaît.

– D'accord, d'accord, va pour La cité des anges.

Ravie d'avoir remporté cette petite victoire, elle sautillait comme une enfant de cinq ans, lorsque Gabriel fit démarrer le film.

Confortablement assis, ils regardaient défiler les images sans réellement s'en imprégner.

Appuyée contre lui, Zoé jouait avec une mèche rousse et Gabriel ne cessait de la fixer, comme hypnotisé. Il souhaitait réellement lui laisser du temps comme elle l'avait réclamé, mais près d'elle, tous ses sens étaient en alerte et mis au supplice. Une douce chaleur émanait de son corps et il pouvait sentir son parfum, un mélange d'agrumes et de vanille. Se sentant épiée, la jeune femme se retourna et plongea ses yeux dans les siens. Peut-être était-ce inutile d'attendre ? Leur relation serait-elle réellement vouée à l'échec si elle ne démarrait pas dans les meilleures conditions ? Ils pouvaient certainement se permettre encore un baiser, juste un seul… Fatiguée par toutes ces questions, Zoé se pencha vers lui pour l'embrasser lorsque le téléphone de Gabriel sonna.

– C'est pas vrai, qui cela peut être à cette heure-ci !

Il regarda l'écran du smartphone et ragea entre ses dents.

– Je le rappellerai plus tard.

– Non vas-y, rappelle-le !

– Aucune importance, c'est un des sorciers du clan, il doit vouloir me parler d'un énième problème qu'il a relevé…

Ils reprirent place confortablement sur le sofa, mais la magie du moment était rompue.

Épuisée, Zoé finit même par s'endormir dans les bras de Gabriel bien avant la fin du film.

Ne voulant pas la réveiller, il prit la décision de rester ainsi et éteignit la télévision, La cité des Anges pouvait bien attendre.

Un peu plus tard dans la soirée, Niko rentra chez son ami comme s'il s'agissait de son propre domicile. Il traversa le petit vestibule et pénétra dans le salon. Surpris, il stoppa net sa progression et s'écria :

– Non, mais c'est quoi ce bordel ?

Comme un adolescent pris en faute, Gabriel sursauta et se redressa immédiatement.

– Tu m'as foutu une de ses trouilles, tu ne peux pas frapper comme tout le monde ?

– Je n'ai jamais toqué pour rentrer chez toi et c'est pas aujourd'hui que je vais commencer !

– Baisse d'un ton, tu vas réveiller Zoé.

En chuchotant, Niko rajouta, sans cacher son étonnement :

– Parlons-en, tiens de Zoé ! Aux dernières nouvelles, elle était juste passée te voir pour parler, tu ne m'as jamais dit… Euh… Ça !

Il ouvrait les bras et montrait la scène qu'il avait devant les yeux.

– C'est bien ce que je t'ai dit. Elle est venue et nous avons eu une discussion…

Un sourire moqueur sur les lèvres, Niko reprit d'un ton narquois :

– Ah, oui, j'imagine bien la discussion.

– Allez ! C'est bon ! Mais dis-moi, tu ne devais pas rentrer avant plusieurs jours, qu'est-ce qui t'a fait changer d'avis ?

– Tu es sérieux ? Tu n'es pas au courant ?

– Au courant de quoi ?

– Adam m'a appelé pour me dire que les dirigeants souhaitaient nous réunir. Apparemment, les Rebelles ont réussi à poser une bombe au centre et il y a eu plusieurs blessés.

Zoé, qui s'était réveillée et avait entendu la conversation entre les deux amis, demanda :

– Des blessés ?

Niko la gratifia d'un sourire et d'un petit signe de la main avant de reprendre :

– Oui, un Dirigeant et trois Protecteurs.

Zoé le questionna :

– C'est affreux, pourquoi font-ils ça ?

– Parce qu'ils ne sont pas d'accord avec les choix des Dirigeants et qu'ils veulent les voir tomber.

– Très bien, alors allons-y !

– Pardon ?

Gabriel et Niko avaient parlé d'une seule et même voix. Il était clair qu'ils ne voulaient pas que la jeune femme les accompagne. C'était trop risqué, les Dirigeants n'apprécieraient pas de voir une femme qu'ils percevraient comme une mortelle assister à la rencontre.

Mais elle insista :

– C'est sans appel, j'ai pris la décision de ne pas continuer ainsi. Je ne vais pas rester cachée en attendant je ne sais quoi !

– Je ne t'exposerai pas au danger comme ça ! s'insurgea Gabriel.

– Je te fais confiance, si tu dis que je suis une sorcière alors j'en suis une et rien ne m'arrivera. Tu as assuré que ton don était fiable et que jamais tu ne t'étais trompé.

C'est vrai, les visions de Gabriel ne l'avaient jamais trompé. Et, il espérait que cela soit encore le cas, car la vie de Zoé était en jeu.

Sur le trajet qui les menait au quartier Général des

Dirigeants, un immeuble Haussmannien situé en plein centre de Paris, Zoé poursuivit son interrogatoire.

– Qu'attendent-ils de vous ? Pourquoi vous réunir ?

– J'imagine qu'ils veulent mettre en place quelque chose pour les arrêter.

– Pourquoi ? Rien n'a jamais été fait ?

– Si bien sûr… leur groupe a bien diminué ces derniers temps. Ils sont affaiblis et c'est pourquoi ils ont frappé fort je pense. Ils manquent de puissants sorciers dans leur rang et ils finiront par tous tomber.

Très intéressée, Zoé demanda avec entrain :

– Qu'est-ce qui a déclenché la création de ce clan de Rebelles ? Je veux dire, que s'est-il passé pour qu'ils constituent un tel groupe ?

– Les Rebelles existent depuis des siècles. Ils s'opposent aux Dirigeants et à leur façon de faire, ils ne sont pas d'accord avec leurs lois.

– Une histoire vieille comme le Monde. Et parfois, ils n'ont pas vraiment tort, non ?

– Il n'est pas question de savoir qui a raison ou qui a tort, mais bien de trahison. Cela s'arrête là.

– Ce n'est apparemment pas l'avis de ces… Rebelles…

– Tu sembles bien encline à la rébellion !

– J'ai plutôt toujours tendance à être du côté des plus faibles, pas des tyrans…et apparemment, pour l'instant, il semblerait que j'ai plus à craindre des Dirigeants que des Rebelles !

Le reste du trajet se fit dans un silence absolu. Gabriel

était rongé par une inquiétude grandissante. Au moment où les Protecteurs la verraient, ils l'identifieraient comme une simple humaine et ils décideraient de la supprimer. Depuis des jours, il cherchait comment la protéger d'eux et là, ils se rendaient directement dans leur repère.

Il avait le sentiment de se jeter dans la gueule du loup… c'était du suicide !

Il devait trouver un moyen de la faire changer d'avis. Fallait-il qu'il l'assomme ? Ou bien lui jeter un sort ? Aucune de ses options ne trouvait grâce à ses yeux.

Il était encore en train de chercher une solution pour éviter le drame lorsque la voiture s'immobilisa devant l'immeuble. Gabriel aperçut un groupe de sorciers en pleine discussion et il reconnut un des dirigeants parmi eux.

Il n'eut pas le temps de réagir que Zoé avait déjà quitté le véhicule. Il tenta de la retenir, en vain. Il sortit précipitamment pour la rejoindre et se positionner à ses côtés. Tous les regards se tournèrent dans la même direction et se posèrent sur une seule personne : Zoé. Cette dernière se sentit mise à nue et malgré l'apparente confiance qui semblait se dégager d'elle, Zoé était terrifiée. Avait-elle pris la bonne décision ? Gabriel avait raison, il ne s'agissait pas d'une simple société où elle pourrait parlementer avec le directeur et repartir en cas d'échec. Si les négociations échouaient, l'issue lui serait sûrement fatale. Mais Zoé se devait de prendre ce risque. Elle était une sorcière, Gabriel le lui avait dit. Elle avait foi en lui. Et si tout se passait bien, elle ferait officiellement partie de la communauté et pourrait chercher qui elle était réellement.

Sentant son angoisse, Gabriel posa une main rassurante dans le creux de ses reins.

Sous les regards étonnés, elle traversa le hall pour se diriger d'un pas hésitant vers le bureau des Dirigeants.

Zoé suivait Niko qui avançait prudemment dans le hall. Gabriel, lui, se tenait à ses côtés, le corps tendu comme s'il était prêt à bondir à chaque instant. Les vitres teintées de l'immeuble ne permettaient plus de voir le monde extérieur et Zoé se sentait oppressée. Elle tourna la tête pour observer les sorciers et sorcières qui les rejoignaient. Le trio tourna à gauche en direction des ascenseurs, mais ils ne purent aller plus loin. Trois mastodontes leur barraient l'accès. Gabriel devait les connaître, car l'un d'entre eux lui sourit de manière presque imperceptible. Il s'avança pour les saluer. Le plus jeune des trois s'approcha de son oreille pour lui murmurer quelque chose. Gabriel lui répondit à voix haute :

– Elle est avec moi, c'est une des nôtres.

La moue dubitative des trois hommes ne passa inaperçue pour personne. Mais Gabriel fit mine d'ignorer leur réaction et appuya sur le bouton de l'ascenseur.

La montée se passa sans encombre et ils sortirent au dernier étage. De nombreux sorciers allaient et venaient, et tous se retournèrent vers la nouvelle venue.

La porte d'un des bureaux s'ouvrit à la volée et un jeune homme en costume gris clair, le regard hautain et l'air suffisant, en sortit. Sa voix forte résonna dans le couloir :

– Gabriel, mon ami ! Niko, comment allez-vous ?

Il poursuivit sans même attendre de réponse à sa question apparemment purement rhétorique.

— Alors c'est vrai ce qu'on vient de me dire, vous vous pointez ici avec une... femme...

De toute évidence, il hésitait à prononcer le mot « mortelle ».

Gabriel prit rapidement la parole :

— C'est l'une des nôtres, je peux te l'assurer, sinon, elle ne serait pas ici.

Les yeux de l'homme rétrécirent et se posèrent sur Zoé avec circonscription.

Il la scrutait intensément comme s'il cherchait à sonder les tréfonds de son âme. Soudain, il se mit à ricaner et il déclara :

— Je ne vois aucune once de magie dans cette simple humaine.

Cet homme était décidément d'une extrême arrogance. Dans les premiers instants, Zoé eut peur de lui, puis sans comprendre pourquoi, elle se sentit plus forte, plus sûre d'elle. Une petite voix lui faisait comprendre qu'elle ne pouvait pas rester sans réagir, alors elle avança d'un pas vers lui et prit la parole :

— Je m'appelle Zoé Keller et je suis bien une sorcière. Apparemment, tout le monde sait que Gabriel Larch est un bon Protecteur et que ses dons ne le trompent jamais. Il faut croire qu'on ne peut pas en dire autant des vôtres.

Zoé regretta ses paroles instantanément. Mais pourquoi avait-elle dit ça ? Elle était foutue, il allait la tuer. Mais au grand étonnement de l'assemblée, l'homme éclata d'un rire franc.

– Je l'aime bien, elle est très drôle. Sorcière ou non, on peut dire que tu as du caractère ma grande.

Son regard se durcit à nouveau, et il rajouta sur un autre ton :

– Mais aussi précieux sois-tu pour le clan Gabriel, si tu te trompes, c'est à toi que je ferai payer son insolence !

La jeune femme serra les poings sans s'en apercevoir. Une colère sourde, mêlée à la peur de voir Gabriel ainsi pris à parti, s'empara d'elle.

– Avec tout le respect que je te dois, Allan, Zoé à raison, je ne me trompe jamais et je te le prouverai.

Au même instant, une énorme détonation retentit dans l'immeuble et fit trembler les vitres. Le bruit provenait d'en bas et des sorciers se ruèrent vers les ascenseurs et les escaliers pour s'y rendre. Le dénommé Allan se mit à crier des directives à ceux qui étaient encore là.

Gabriel attrapa Zoé par la main et la serra contre lui.

Niko du crier pour se faire entendre :

– Les Rebelles ! Je n'arrive pas à y croire, ils nous attaquent encore !

– On doit mettre Zoé à l'abri !

– On n'a pas le temps Gabriel, on doit descendre et protéger le clan.

La seule personne que Gabriel voulait protéger pour l'instant était la femme qui se trouvait dans ses bras.

Alors qu'ils se dirigeaient vers les escaliers, Allan hurla à l'attention de Gabriel :

– Larch, ne crois pas que cette attaque change quoi que ce soit ! Tu me prouves son identité sous cinq jours où tu es foutu !

La colère de Zoé, jusqu'à présent maîtrisée, explosa. Pour qui se prenait cet Allan ? Il était peut-être un des Dirigeants, mais cela lui donnait-il le droit de les traiter ainsi ? Elle était prête à risquer sa vie, mais jamais elle n'avait pensé mettre en danger Gabriel. Non, elle ne le permettrait pas ! La jeune femme se sentait au bord du malaise. Une douce chaleur avait envahi son corps et irradiait dans chacun de ses membres. D'abord agréable, la sensation se fit plus intense. La chaleur devint brûlure. Jamais elle ne s'était sentie ainsi. Était-ce la peur ? La colère ? Zoé fut prise de panique lorsque tout son être sembla sur le point d'exploser. Gabriel avait lâché sa main et la regardait, interloqué. De grosses gouttes de sueur perlaient à son front. Elle baissa la tête et s'accroupit dans l'espoir de se sentir mieux. Était-ce une crise d'angoisse ?

– Zoé, qu'est-ce qui se passe ?

La jeune femme rousse leva le visage vers lui pour lui répondre.

C'est à ce moment précis que Gabriel les vit.

Ses iris habituellement vert émeraude avaient changé de couleur et ils brillaient maintenant d'un jaune intense. Gabriel réagit rapidement et cria :

– Zoé, ferme tes yeux !

Les genoux et les poings profondément ancrés dans le sol, la jeune femme semblait souffrir. Une plainte rauque s'échappa de sa bouche, confirmant la présence d'une douleur intense.

Niko regarda son ami, choqué par la soudaine révélation qu'il n'attendait plus.

Même l'infâme Allan assistait à la scène. Il jeta un regard en direction de Gabriel avant de retourner dans son bureau endosser son rôle de Dirigeant.

Gabriel s'était accroupi près de Zoé et tentait de la calmer :

– Écoute-moi Princesse. C'est ton pouvoir qui est en train de se manifester. Tu dois garder les yeux fermés pour l'instant. Écoute ma voix. Essaie de canaliser ton pouvoir. Tu le sens en toi, dans ton corps. Concentre-toi et tente de mener ce flux de pouvoir dans un seul et même endroit comme tes mains par exemple. Respire Zoé.

Sa respiration se fit plus régulière. Elle garda les yeux fermés comme Gabriel le lui avait demandé sans vraiment comprendre pourquoi. Elle l'écouta parler, sa voix la rassurait et elle sentit que la chaleur diminuait d'intensité.

Voyant que son ami maîtrisait la situation, Niko lui fit un signe de tête pour le prévenir qu'il descendait rejoindre les autres.

Zoé se sentait beaucoup mieux. Elle n'en revenait pas. Elle avait un pouvoir. Tout à coup, tout devenait tellement plus réel.

Elle interrogea son ami :

– Je ne comprends pas, pourquoi mon pouvoir s'est-il réveillé ?

– Aucune idée. Mais en tout cas au moins on sait quel est ton pouvoir et de quel clan tu dépends.

– Lequel ?

– Les sorciers qui ont le pouvoir du feu sont rares. C'est un très grand pouvoir. Tu fais partie du clan des Guerriers…

Zoé ne put s'empêcher de rire.

– Des Guerriers ?

– Oui, les Guerriers qui possédaient ce don pouvaient s'en servir en cas d'attaque du clan.

– Oui, et bien aujourd'hui en France on ne fait plus la guerre et à part pour allumer un feu de camp, je ne vois pas trop à quoi ce pouvoir va me servir…

Gabriel éclata de rire.

– Tu es folle, tu le sais ça ?

– Hé, on ne se moque pas de moi ! Si j'étais toi, je ferais attention, j'ai un regard de braise !

– Allez viens, regard de braise, il faut qu'on sorte d'ici. Tu arrives à marcher ?

Zoé se leva, mais se sentit vaciller. Elle dut prendre appui sur Gabriel pour avancer.

Un bip l'informa de l'arrivée d'un message. C'était Niko. Le lieu était sûr. Une bombe avait fait des dégâts matériels dans le couloir, mais par chance aucune victime. Ils avaient aujourd'hui la certitude que des membres du groupe des Rebelles étaient parmi eux. Il ne s'agissait pas que de marginaux. Ils savaient qu'un rassemblement avait lieu et ils avaient décidé d'attaquer.

Ils s'apprêtaient à quitter l'immeuble quand Allan les interpella :

– Gabriel, le rassemblement est maintenu. Restez, ton amie et toi.

Ce dernier pesta et s'en voulut presque de ne pas avoir été assez rapide. Il aurait voulu mettre Zoé à l'abri. Elle était épuisée par la survenue inattendue de son pouvoir.

Assise vers le devant de la salle qui devait contenir une bonne centaine de sorciers, Zoé se tenait près de ses amis, intimidée. Les Dirigeants se trouvaient face à eux. Elle reconnut facilement Allan. Un autre homme, d'une cinquantaine d'années, les cheveux grisonnants, se tenait à ses côtés. Ils étaient une dizaine tout au plus, semblant sortir tout droit de Wall Street. Parmi eux, une femme dénotait. Elle avait une tenue décontractée, jean et veste en cuir. Son regard semblait presque chaleureux. Zoé la trouva sympathique, jusqu'à ce que celle-ci adresse un sourire à Gabriel. Elle ne put s'empêcher de demander :

– C'est qui celle-là ?

– Une Dirigeante.

– Non, mais ça je m'en serais doutée Gabriel…

L'un d'eux prit la parole et Zoé ne put en savoir plus. Au-delà de la curiosité, elle ressentait une pointe de jalousie. Elle ferma les yeux et se concentra sur les paroles des Dirigeants.

– Comme vous le savez tous, ces misérables nous

pourrissent la vie depuis des siècles. Nous avons bien réduit leur nombre, mais il faut croire que même en petit comité ils poursuivent la guerre à notre encontre. Les deux dernières attaques font suite, comme certains le savent, au récent événement que la communauté a à déplorer. Un jeune sorcier érudit a cru bon de briller en société et a montré ses pouvoirs aux humains. Nous avons dû lui rappeler la règle.

Un brouhaha s'éleva de la salle.

– Silence, je vous prie ! Nous savons tous à quelle peine nous nous exposons en cas de non-respect de ces règles. Nous ne pouvons pas prendre de risque !

Nous vous demandons donc la plus grande vigilance, et nous souhaitons aussi que quiconque détiendrait des informations sur ces minables nous les fasse parvenir immédiatement.

Nous savons que des Rebelles se cachent parmi nous, ce rassemblement nous en a donné la preuve. Alors passez le message a tous les autres, nous allons vous anéantir.

La nuit avait permis à la jeune sorcière de se remettre de ses émotions.

Assise à l'ombre d'un cyprès au parc des buttes Chaumont, elle ne cessait de penser à la journée d'hier.

Elle se tourna vers Gabriel pour lui demander :

– Pourquoi Allan a-t-il dit que tu étais précieux ?

– Juste parce qu'il y a peu de Protecteurs. La quasi-totalité de mon clan a été décimée il y a des siècles.

– Ce gars est une véritable ordure. Ils sont tous comme ça les Dirigeants ?

Gabriel ne savait pas quoi répondre. Les Dirigeants étaient peu nombreux, ils commandaient la communauté et effectivement, ils imposaient l'ordre par la contrainte. Leurs règles étaient strictes. Cela avait toujours était ainsi. Il suffisait de ne pas faire de vagues.

Zoé poursuivit :

– C'est horrible ! Vous vivez avec la menace constante de la peine de mort ! Je ne suis plus sûre de vouloir faire partie de la communauté !

– Tu ne crois pas que tu en fais un peu trop ?

Choquée par sa réponse, elle poursuivit avec véhémence :

– Trop ? Tu n'es pas une sorcière tu meurs ! Tu as emmené une humaine au rassemblement tu meurs ! Tu t'opposes à nous, tu meurs ! Non, je ne crois en faire trop ! Vous ne connaissez pas la démocratie chez les sorciers ?

– Vous avez bien une citation qui dit « La loi est dure, mais c'est la loi » ! C'est pareil chez nous.

– Je ne suis pas vraiment convaincue. En tout cas, cela n'a pas l'air de te poser problème…

– Je ne sais pas, que veux-tu que je te dise Zoé ? J'ai toujours vécu ainsi.

– Ce n'est pas une raison pour s'en contenter.

Le silence régna en maître pendant quelques instants. Zoé se rapprocha de lui et posa sa tête contre son épaule.

– Je ne veux pas qu'on se dispute.

— On ne se dispute pas.

— Alors pourquoi tu ne me parles plus ?

— Je réfléchis… C'est tout.

Il déposa un baiser sur le front de la jeune femme comme pour la rassurer.

Cette dernière se redressa et s'avança en direction de l'étang, observant longuement le saule pleureur devant elle. Le lieu était magnifique et l'heure matinale leur accordait le bénéfice de la tranquillité.

— Je vais peindre un peu.

Elle avait pris son chevalet et une toile pour pouvoir s'adonner à son art dans le parc.

Comme toujours lorsqu'elle se sentait mal, Zoé éprouvait le besoin de peindre.

— Tu t'es mise à la peinture il y a longtemps ?

— Oui, d'aussi loin que je me souvienne j'ai toujours peint. C'est ma mère qui m'a initiée et transmis sa passion. Elle m'a toujours dit que la peinture serait mon refuge. Et elle avait raison.

Tout en peignant, elle continua d'inonder Gabriel de questions.

— Tu as dit que le pouvoir du feu était rare, pourquoi ?

— Peu de sorciers ont ce pouvoir. Comme tu as pu le voir lors du rassemblement, nous ne sommes plus très nombreux dans la communauté. Il y a une dizaine de Dirigeants et de Protecteurs, quelques Guerriers aussi. Pour le reste, ce sont des érudits. Leur pouvoir, c'est leur esprit. Ils peuvent par exemple déplacer des objets par la pensée ou bien donner vie à ce qu'ils dessinent comme Niko.

Zoé le regarda surprise :

— Ça, c'est un super pouvoir ! Et les Guerriers, à part le feu ?

— Ils maîtrisent l'un des quatre éléments : l'Air, la Terre, l'Eau ou le Feu comme toi.

Elle se rassit près de lui, son pinceau à la main. Pensive, elle tentait d'assimiler toutes ces informations pour mieux appréhender son nouvel univers.

C'est alors qu'un jeune garçon d'une dizaine d'années se rapprocha d'eux, l'air timide. De sa petite voix fluette, il lui demanda :

— C'est vous Zoé Keller ?

— Euh oui, pourquoi ?

Sans dire un mot de plus, il lui tendit une enveloppe qu'elle attrapa, puis l'enfant repartit en courant dans la direction opposée.

Zoé était perplexe. Que venait-il de se passer ? Elle regarda Gabriel, stupéfaite.

— Ça, c'était très étrange !

— Complètement, oui…

— C'est quoi cette lettre ? Et comment il connaissait mon nom ce gosse ?

— Je crois que pour le savoir, il va falloir l'ouvrir.

La sorcière hésita un instant puis déchira l'extrémité de l'enveloppe et en sortit un bout de papier. Seuls quelques mots écrits à l'encre noire s'affichaient devant ses yeux.

À voix haute, elle commença la lecture :

« Mlle Zoé Keller, bonjour. Nous souhaitons entrer en contact avec vous, mais vous devrez tout faire pour être seule lorsque vous recevrez notre prochain courrier. À très vite. EDR »

– C'est tout ?

Elle tourna le papier dans tous les sens, mais ne trouva rien de plus.

– EDR ? Qui est-ce ?

– Aucune idée ! Mais tu dois être très prudente. Ce qui est sûr c'est qu'ils ne veulent pas que je sois là lorsque tu auras une autre lettre. Et c'est ce qui m'inquiète.

– Ça risque d'être compliqué ! On ne s'est pas quittés depuis plus d'une semaine.

Gabriel regardait l'horizon, les yeux fixant une ligne invisible. Il semblait très préoccupé. Il poursuivit sur un ton un peu directif :

– Je te le répète, je veux surtout que tu sois prudente.

– Très bien, je te le promets Gabriel.

Zoé serait prudente, elle l'avait promis. Mais sa curiosité était piquée au vif. Tout un tas de questions se bousculait dans sa tête. Qui se cachait derrière ce sigle ? Si c'était les Rebelles, était-elle en danger ? Et si c'était les Dirigeants, qu'avaient-ils en tête ?

Gabriel s'approcha d'elle et posa une main qui se

voulait réconfortante sur son épaule. Elle se tourna vers lui et se blottit dans ses bras. C'était le seul endroit où elle se sentait complètement en sécurité depuis le début de cette aventure. Elle ne put résister à la tentation de poser ses lèvres sur les siennes. Leur baiser fut long et passionné et pour une fois, rien ne vint les interrompre. Zoé n'avait plus aucun doute. Elle avait trouvé son chemin et il menait directement à Gabriel.

Pour prolonger ce moment, le jeune couple décida de déjeuner au restaurant du parc. Ils choisirent les huîtres en entrée et un cabillaud accompagné de petits légumes pour la suite. Ils partagèrent un mille-feuille à la fleur d'oranger, même si partager n'était pas vraiment le mot approprié, car Zoé en dévora bien plus de la moitié. Ils n'avaient pas seulement savouré ce repas, ils avaient aussi et surtout savouré cette parenthèse hors du temps. Pour une fois, elle ne pensait à rien d'autre qu'à elle et à Gabriel. Le reste pouvait attendre.

Du moins pour quelques heures…

Sur le chemin du retour, Gabriel lui fit une proposition qui la ramena à la réalité :

– Si tu veux, on peut s'entraîner et voir si tu arrives à maîtriser ton pouvoir. C'est important que tu saches t'en servir, au cas où…

Un peu inquiète, Zoé fit la moue.

– Et si je mets le feu à ta maison ? Ou pire, si toi tu prends feu ?

Il la taquina et répondit sur le ton de l'humour :

– J'avoue y avoir pensé, je ne sais pas encore si tu es douée comme sorcière… de toute façon, je suis toujours en feu près de toi…

Il sourit, mais voyant que Zoé gardait son air grave, il reprit, plus sérieux :

– Si tu le souhaites, je connais un entrepôt où tu pourras faire usage de ton pouvoir sans aucun danger.

L'entrepôt en question était un vaste bâtiment destiné initialement à stocker des denrées alimentaires. Or, le lieu servait en réalité de point de rencontre pour les sorciers en cas de nécessité. Gabriel referma les larges portes coulissantes derrière eux et ils se retrouvèrent dans une immense pièce, majoritairement composée d'acier.

Le jeune sorcier se positionna face à elle. Un peu perdue, elle ferma les yeux un instant et inspira fortement avant de les rouvrir.

– Je ne sais pas du tout quoi faire…

– Essaie de faire le vide en toi. Puis pense au feu, à ton pouvoir, c'est comme si tu l'appelais.

– Que je l'appelle ?

– Oui, c'est une façon de parler, Princesse. Tu te concentres sur ton pouvoir pour le faire venir à toi.

– D'accord, je vais essayer.

Zoé ferma les yeux et repensa à la vague de chaleur qui l'avait envahie la veille. Elle essaya de faire revenir cette sensation, mais rien ne se passa. Au bout de quelques minutes, elle abandonna.

Déçue et frustrée, elle cria :

— Non, je n'y arrive pas ! Je ne sais pas comment faire ? Je ne vois pas comment cela a pu se produire hier !

— Calme-toi, Zoé. Quelle émotion as-tu ressentie hier, au moment où le feu a parcouru ton corps ?

Elle ne réfléchit qu'un bref instant avant de lui répondre, comme si c'était une évidence :

— Une colère monstre ! Contre cet abruti d'Allan !

— D'accord, alors remets-toi en colère ! Pense à Allan et à ce qu'il a dit pour t'énerver.

La jeune apprentie essaya une nouvelle fois, en vain. Elle laissa échapper un petit cri de rage avant de s'asseoir, dépitée.

— Laisse tomber, je n'y arriverai pas. De toute façon j'ai plus envie.

On pourrait rentrer ?
— Très bien, comme tu voudras.

Inutile de forcer. On reviendra une prochaine fois. Ça t'ennuie si je fais un saut à mon agence ? Je dois déposer des documents concernant ma mission à New York.

— Non pas de soucis. Au contraire, pendant que tu y vas, je passerai vite chez moi récupérer quelques affaires, je n'ai plus rien à me mettre.

Une fois chez elle, Zoé salua Gabriel par la fenêtre avant de le regarder s'éloigner. Elle n'en avait pas pour longtemps, il lui suffisait de récupérer quelques vêtements et de mettre en route une machine pour le linge sale. Elle fourra dans son sac de voyage deux jeans, plusieurs pulls et quelques autres affaires dont elle estimait avoir besoin. Zoé faisait au plus vite. Elle ne souhaitait pas s'éterniser, car elle ressentait déjà l'absence de Gabriel avec intensité. Elle se sentait un peu ridicule, ils s'étaient quittés il y a moins d'une heure !

Zoé descendit les marches de l'escalier de son immeuble en courant avant de s'arrêter devant sa boîte aux lettres. Bizarrement, en arrivant elle n'avait pas remarqué qu'une enveloppe dépassait de l'ouverture. Peut-être n'y était-elle pas ?

Elle la récupéra, intriguée.

Elle ne mit pas longtemps à comprendre qu'il s'agissait d'une nouvelle lettre d'EDR.

Comment avaient-ils fait pour savoir qu'elle était là ? D'autant plus qu'elle n'était pas restée bien longtemps chez elle… Ils devaient la surveiller, c'est sûr !

Elle scruta les alentours s'attendant à trouver quelqu'un, mais ne vit personne.

Son cœur battait fort dans sa poitrine. Elle se sentait terriblement excitée par cette situation malgré les inquiétudes et les recommandations de Gabriel. Comme la première fois, elle déchira l'enveloppe pour en faire sortir le petit papier blanc. C'était la même écriture, mais le texte était bien plus long :

« Loin de nous l'intention de vous effrayer. Nous savons qui vous êtes, une jeune et puissante sorcière détenant le pouvoir du feu. Nous vous avons vu maîtriser ce don lors du rassemblement. Nous avons pu remarquer que vous n'appréciez pas les Dirigeants. Soyez prudente ! Vos regards et vos expressions pourraient vous porter préjudice

et ils ne tolèrent aucune rébellion. On aimerait vous rencontrer, Mlle Keller, et vous expliquer qui nous sommes, et pour quels idéaux nous nous battons. Nous attendons votre réponse. Si vous acceptez cette rencontre, vous pourrez laisser un message ici même. Nous vous communiquerons la date, l'heure et le lieu très rapidement. EDR »

12

Hiver 1507

Depuis qu'il avait été contraint de quitter son village, Richard logeait chez les cousins du jeune homme qui l'avait aidé à s'enfuir. Ces gens avaient déjà plusieurs bouches à nourrir et ils ne l'avaient accepté que pour la main d'œuvre qu'il fournissait. Ils l'hébergeaient, lui donnait son repas de la journée et en contrepartie il devait les aider aux champs et à la ferme. Par manque de place, Richard devait se contenter des écuries. Il dormait près des animaux, sur un lit de paille improvisé. Il se sentait terriblement seul. Sa famille lui manquait.

Sa vie était difficile et chaque jour, il maudissait un peu plus les Dirigeants qui lui avaient tout pris.
Sa haine grandissait, nourrie et attisée par les déboires, voire les drames des autres sorciers du village. Le non-respect des

lois, qu'ils imposaient pour leur soi-disant protection, entraînait de lourds châtiments. Les sorciers ne devaient pas parler de leur pouvoir ni faire usage de la magie sauf en cas d'extrême nécessité. Depuis l'histoire de Musa, les relations entre humains et sorciers, quelle que soit leur nature, étaient interdites. Ils devaient rester entre eux et le cas échéant, se contenter de relations superficielles. La communauté semblait vivre en autarcie et souffrir de l'oppression exercée par les Dirigeants. Toute révolte était interdite et sévèrement punie. Les sorciers vivaient des temps sombres.

Dans ce climat de terreur, Richard n'eut aucune difficulté à constituer un groupe d'insurgés.

Ils se regroupaient plusieurs soirs par semaine, mettant tout en œuvre pour rester discrets, connaissant le sort qu'il leur serait réservé s'ils étaient découverts.
Des sorciers plus âgés et plus expérimentés avaient rejoint le groupe et ils se disaient prêts à renverser le pouvoir. Mais les Dirigeants étaient puissants. Leur magie dépassait de loin celle des autres, raison pour laquelle, ils étaient en haut de l'échelle. Seuls des Guerriers pourraient les combattre, mais ces derniers leur étaient fidèles. Compte tenu de leur position, ils jouissaient même de certains privilèges.

Ce soir-là, la discussion était houleuse et les sorciers en désaccord. Richard essayait de résonner l'un d'eux qui voulait attaquer rapidement sans avoir mis de plan en place.
– Lambert, écoute-nous, jamais on ne survivrait à une

attaque sans être préparés.

L'homme s'énerva.

– Mais je suis prêt ! Nous ne pouvons pas continuer à nous faire marcher dessus sans réagir !

– Je suis le premier à le penser, mais nous devons faire ça bien. Nous devons réunir plus de monde, des sorciers puissants et après, nous les attaquerons.

Un autre homme qui avait rejoint le groupe après le décès de sa femme, tuée par les Dirigeants pour avoir osé s'opposer à eux, prit la parole :

– Le gamin à raison ! Et après tout, il est le chef du groupe donc on va tous l'écouter et attendre le bon moment.

– Pour l'instant, on doit être prudents, et ramener dans notre groupe des gens de confiance et si possible avec de grands pouvoirs.

– Ceux qui sont puissants ne sont pas prêts à trahir les Dirigeants. Tout le monde le sait, ils ont des postes de confiance et ils vivent bien contrairement à nous.

Les hommes étaient tous en colère, ils profitaient de ces moments de rencontre pour déverser leur haine.

– Pour eux, nous ne sommes que des chiens ! Nos pouvoirs ne les intéressent pas alors nous ne servons à rien !

– Nous allons leur montrer !

La discussion se poursuivit un moment dans le vacarme.

Richard tenta de les apaiser et leur donna rendez-vous quelques jours plus tard. Ce n'était qu'un début. Lorsqu'ils seront plus puissants, ils pourront agir.

Le petit groupe se dispersa rapidement et les ombres des hommes s'évanouirent dans la nuit.
Seul Richard était resté. Il pensait au chemin qu'il avait fait cette dernière année. Et au chemin qu'il allait faire durant celles à venir. Il allait les détruire. Il en était certain. Il se répéta sa promesse à voix haute : un jour, les sorciers seraient libres. Un jour, lui Richard, serait à la tête d'une armée…

13

Paris, été 2019

– Ma décision est prise ! Il est inutile d'en parler plus longtemps Gabriel !

– Tu réalises dans quoi tu vas te fourrer ?

– Oh, je t'en prie ! De toute façon, je n'ai plus envie d'en parler, je n'aurais même pas dû te le dire !

– Tu sais que tu fonces peut-être dans un piège ? Peut-être que les Rebelles ont tout à coup réalisé que la dernière venue, qui maîtrise le pouvoir du feu, pouvait être un atout pour les Dirigeants ! Peut-être pourraient-ils t'échanger contre… contre n'importe quelle revendication ! Et même si ce n'est pas un piège, voir les Rebelles est une trahison, c'est de la folie!

Gabriel s'emporta.

Il tapa du poing sur la table, ce qui fit sursauter Zoé. Il

marchait de long en large et jetait par moments, des regards perdus vers la jeune femme. Il ne comprenait pas sa décision. Elle ne connaissait pas les rouages des sorciers, elle était nouvelle dans le clan, mais avec son pouvoir, elle pourrait rapidement s'intégrer et obtenir une place de qualité... pourquoi irait-elle tout gâcher ?

Il lui fallut plusieurs secondes avant de retrouver son calme. Il se rassit face à elle, espérant l'avoir ramenée à la raison.

La sorcière reprit sur un ton radouci :
– C'est bon, tu te sens mieux ?

Écoute Gabriel, je t'ai sûrement semblé fragile et perdue ces derniers jours, mais c'était à cause de cette... découverte. La vérité c'est que je suis une femme libre et indépendante, qui fait ses propres choix.

– À quel moment ai-je insinué le contraire ? Mais Zoé, je connais ce monde depuis bien plus longtemps que toi et crois-moi, accepter de voir les Rebelles est une très mauvaise idée.

– Peut-être, mais je ne serais pas honnête avec moi-même si je n'y allais pas.

En effet, bien avant d'avoir reçu ces lettres, elle s'était sentie attirée par ces Rebelles. Peut-être était-elle habituée « au monde des hommes », car les lois imposées par les Dirigeants lui semblaient dures et cruelles. Mais Gabriel avait réussi à lui transmettre ses craintes.

Rencontrer ceux à l'origine de ce courrier n'était pas sans danger. Était-elle prête à prendre ce risque pour rester fidèle à ses valeurs ?

Elle avait vécu toute sa vie dans une sorte de cocon, choyée par sa mère et ses amis. Que connaissait elle de la vie ? Encore plus du monde des sorciers ?

Gabriel ne parlait plus et se contentait de la regarder. Comme elle ne savait plus quoi lui dire, elle laissa un silence gênant s'installer entre eux.

Elle finit par quitter la pièce où l'ambiance était devenue oppressante, pour rejoindre le salon et se lover sur le fauteuil, laissant défiler les images sans intérêt sur le petit écran. Ce dernier eut un effet soporifique. Zoé ferma les yeux et s'endormit.

De l'entrebâillement de la porte, Gabriel la regardait dormir, une couverture remontée jusqu'aux épaules.
Il se dit alors qu'il ne comprenait rien aux femmes, en tout cas à celle-ci.

D'abord fragile et hésitante, il la découvrait aujourd'hui forte et obstinée.

Se rendre à ce rendez-vous était une décision qu'il jugeait stupide. En temps normal, il s'ingérait peu dans les affaires des autres. Gabriel était un homme d'action : il gérait son business avec succès. Les Protecteurs l'appréciaient pour la qualité de son travail rendu et cela s'arrêtait là.

Sauf qu'il s'agissait de Zoé. Et même si son comportement de la journée l'agaçait au plus haut point, il ne s'expliquait pas cette connexion entre eux : elle était réelle et il ressentait le besoin primaire de la protéger.

La sonnerie du téléphone les tira tous deux du sommeil. Les yeux embués, Gabriel chercha à tâtons son portable pour décrocher. C'est d'une voix rauque qu'il répondit :

– Allô ?

– Gabriel Larch ! Je te tire du lit apparemment !

Il reconnut la voix nasillarde d'Allan. De bon matin, il était sûr que cela le mettrait de mauvaise humeur pour la journée !

Gabriel se racla la gorge et reprit sur un ton professionnel :

– Aucun problème, je t'écoute.

– Tu es toujours avec la jolie rousse ?

Il posa les yeux sur Zoé qui était en train de s'étirer langoureusement. Elle lui sourit, l'interrogeant du regard sur la provenance de l'appel.

Le jeune sorcier répondit sur un ton plus agressif qu'il ne l'aurait voulu :

– Pourquoi ?

À l'autre bout du fil, Allan éclata de rire.

– Ne te fais pas de souci, je ne compte pas l'inviter à sortir ! Le Conseil souhaite la rencontrer. Tous les Dirigeants ont entendu parler de la nouvelle petite sorcière au pouvoir de feu !

Sachant que ce n'était pas réellement une invitation, mais plutôt une sommation, il se contenta de répondre :

– Je lui dirai dès que je la verrai.
– Parfait ! Alors demain à quatorze heures !

Lorsqu'il raccrocha, il se tourna vers la jeune femme pour lui faire part de la demande des Dirigeants. Il n'était pas rassuré, mais il aurait dû s'en douter. Cette rencontre était inévitable. Découvrir une nouvelle sorcière n'était pas commun. Et encore moins une qui possédait le pouvoir du feu.

Zoé parut plus inquiète à l'idée de cette rencontre qu'à celle d'éventuels Rebelles.

– Je n'ai vraiment rien à leur dire ! Et si je n'y allais pas ?
– Je crois que ce ne serait pas une bonne idée de te mettre les Dirigeants à dos aussi ouvertement.

Elle savait qu'il avait raison, elle avait beau ne pas vouloir se mêler à ces gens, elle devait pour l'instant faire profil bas. Elle hocha la tête en signe de reddition. Elle n'avait apparemment pas d'autre option. Demain, elle irait les voir. Gabriel devinait qu'elle se résignait à cette rencontre, mais lui non plus ne voyait pas comment l'éviter.

Il avança une main vers elle et coinça une boucle rousse rebelle derrière son oreille, puis s'attarda sur la peau douce de son épaule. Il ne voulait pas rester en froid avec elle, encore moins maintenant qu'il savait ce qui l'attendait le lendemain. Elle aurait sûrement besoin de son soutien.

– Je t'accompagnerai demain.

Le regard de la jeune femme s'illumina et elle lui sourit. Malgré leurs désaccords de la veille, elle savait qu'elle pouvait compter sur lui.

14

Hiver 1507

Jehanne se mit à courir pour se cacher entre les jambes de son père. Sa démarche encore hésitante le fit sourire. Il l'attrapa dans ses bras pour la faire voltiger dans les airs et le rire de la petite fille résonna dans toute la chaumière. Ils s'étaient réfugiés dans ce village six mois auparavant. Pour l'instant, personne ne les avait suspectés. Pourtant, la sorcière était toujours sur ses gardes. Alaric avait toujours du mal à accepter la décision qu'elle avait prise. Il préférait fuir toute une vie plutôt que vivre sans elle. Mais la jeune femme était sûre de faire le meilleur choix pour lui, et pour leur enfant. Elle devait partir. Les Protecteurs les recherchaient tous les deux. Une fois sans elle, ils seraient tranquilles. Ils ne savaient même pas que Musa avait eu un enfant. Jamais ils ne penseraient à chercher un homme avec sa fille. Sans elle, ils pourraient vivre normalement. C'était son sacrifice. Celui que la vie lui imposait.

Ce soir-là, près de l'âtre crépitant, le cœur lourd et les larmes au bord des yeux, Musa demanda à Alaric :

– Promets-moi de lui parler de moi, de nous. Dis-lui qui j'étais, dis-lui qui étaient ses grands-parents. Raconte-lui mon enfance, notre rencontre, et dis-lui tout l'amour que sa mère avait pour elle. Dis-lui aussi qu'un jour, je vous rejoindrai.

Alaric attrapa les mains de Musa pour les serrer près de son cœur.

– Je te le promets, mon amour.

Les larmes du jeune homme roulèrent sur ses joues parsemées d'un épais duvet brun. Il se racla la gorge avant de reprendre à voix basse :

– Maudit sorcier, je hais tes Dirigeants et ton clan qui nous privent de notre bonheur.

– Je sais et je jure qu'ils paieront pour ce qu'ils nous ont fait. J'ai appris par hasard que mon plus jeune cousin avait survécu, Richard. Je vais essayer de le retrouver et ensemble nous trouverons peut-être un moyen de nous venger. Ces sorciers ne méritent pas de vivre.

Le couple resta ainsi sans parler durant de longues minutes.

Le regard rivé sur les flammes, Musa esquissa un sourire. Alaric la questionna :

– Qu'as-tu ?

– Je me souviens de tout un tas de choses que je voudrai que tu lui racontes. Explique-lui que ma mère était une sorcière Erudite et que mon père était un Guerrier qui possédait le don du feu comme moi. Raconte-lui que lorsqu'ils se sont rencontrés, mon père maîtrisait encore mal son pouvoir et que c'est grâce à ma mère et à la peinture, qu'il a réussi à le canaliser. Je veux qu'elle sache que la peinture était pour nous une passion et que c'est pour cela qu'ils m'ont appelé Musa, car j'étais leur muse à leurs yeux. J'aurais tant aimé partager cela avec elle.

Un sanglot l'empêcha de poursuivre. Alaric attira sa femme contre lui pour la réconforter. Mais rien ne put empêcher leurs larmes de couler durant toute la nuit.

Aux premières lueurs du jour, épuisée et dévastée, la sorcière s'approcha du lit de son enfant. Elle attendrait son réveil pour l'embrasser et lui dire au revoir. Car elle en était convaincue, elle la reverrait. Après de longues minutes passées à la regarder dormir, la fillette bougea et ouvrit doucement les yeux. Elle sourit en apercevant le visage de sa mère.

Musa eut soudain des doutes. Peut-être aurait-elle dû partir pendant la nuit. Voir Jehanne allait rendre son départ encore plus dur. Elle attrapa la petite fille pour la faire sortir du lit et la serra dans ses bras. Elle huma son odeur, celle de son bébé, celle de l'être le plus précieux pour elle sur cette Terre. Elle lui rappela maintes fois son amour pour elle, lui fit la promesse de la retrouver, l'embrassa une fois encore et lui mit un pendentif avec une pierre à son cou avant de la laisser jouer. L'enfant ne semblait pas vraiment comprendre ce qu'il se passait autour d'elle.

Musa était prête à partir, mais avant, il lui restait une dernière chose à faire.

Elle avait travaillé pendant des mois pour y arriver. Elle devait le faire avant que les pouvoirs de sa fille ne se manifestent. Elle devait lancer le sortilège. Celui qui la mettrait définitivement à l'abri des Dirigeants et des autres sorciers.

15

Paris, été 2019

Zoé finissait de se préparer lorsque Gabriel passa la tête par l'entrebâillement de la porte.

– Prête ?

– Si tu parles de ma tenue et de mon maquillage, oui. Pour ce qui est du reste, je suis plus mitigée.

– Tout va bien se passer Zoé.

– Tu veux dire tant que je ne les contredis pas ou que je ne les mets pas en colère ?

– Ce ne sont quand même pas des monstres ! Ils essaient de faire au mieux pour la communauté.

– Oui, façon dictateur.

Les paroles de la jeune femme ne laissaient pas Gabriel insensible. Peut-être avait-elle raison ? On ne voit la réalité sur ce qui nous concerne qu'avec un minimum de recul. Et Zoé était on ne peut plus éloignée de tout ça. Mais la communauté fonctionnait ainsi depuis toujours et que ce n'était pas lui, Gabriel Larch qui changerait les choses. Encore moins Zoé.

Il était un peu tendu à l'idée de cette rencontre, car il craignait la réaction de la jeune femme. Il crut bon de la prévenir :

– Écoute Princesse, ce qu'ils veulent c'est faire connaissance avec la nouvelle sorcière du clan. Et ils vont te demander de te positionner. Comme tu le sais, chaque sorcier a une place et un rôle précis au sein du groupe. À toi de choisir le tien. Et en tant que sorcière de feu, tu vas être très convoitée.

– Et si je ne souhaite pas faire partie des vôtres ?

– Que tu le veuilles ou non, tu es une des nôtres. On en a déjà parlé. Ceux qui sont contre les Dirigeants sont soit des Rebelles, soit des Marginaux.

Zoé secouait la tête pour exprimer son incompréhension et son mépris face à de tels agissements.

Elle ne comprenait pas comment son ami pouvait supporter et participer à tout cela. Le prix de la tranquillité et de la sécurité était cher payé avec eux. Elle faisait malgré elle, le parallèle avec les guerres : soit on collabore, soit on devient des résistants. Certes, cette façon de voir était très réductrice. La jeune femme avait toujours été entière et passionnée. Elle avait pris sa décision. Il lui faudrait tout de même être prudente et faire preuve d'intelligence. Elle ne se sentait pas rassurée à l'idée d'être face à eux.

Elle avait peut-être le pouvoir du feu, mais pour

l'instant, elle ne le maîtrisait pas. Et elle ne comprenait pas pourquoi. Avant d'agir, il lui faudrait régler ce problème.

Sur le chemin, Gabriel attrapa la main de Zoé. Il la porta à ses lèvres pour y déposer un baiser. Il se voulait rassurant, mais au fond de lui, c'était le chaos. Un chaos semé par l'arrivée de la jeune sorcière. Elle avait tout remis en question et Gabriel se sentait ébranlé dans ses convictions. Elle avait agi dans sa vie comme une tornade.

Ils traversèrent le hall main dans la main. Le sorcier sentait les légers tremblements que Zoé tentait de maîtriser. Il la trouvait courageuse et forte. Son cœur se remplit de cette sensation qu'il éprouvait depuis le jour de leur rencontre. Il était sûrement fou, mais il réalisa qu'il serait avec elle, quel que soit son choix. Il était prêt à tout pour elle.

À l'étage, ils s'arrêtèrent devant une grande porte rouge et Gabriel regarda son amie avant de toquer.

– C'est parti, Princesse !

Il abaissa la poignée dorée à l'or fin et ils entrèrent dans la vaste pièce d'un même pas.

Un homme d'imposante stature se leva pour les accueillir. Il était assez âgé, la couronne de cheveux gris sur son crâne en témoignait.

– Mademoiselle Keller, Gabriel, quel plaisir de vous recevoir!

Zoé scruta la pièce d'un regard inquisiteur.

Ils étaient quatre. Elle reconnut sans problème le cruel

Allan avec son air supérieur. Un autre homme se tenait près de lui ainsi que la jeune femme qu'elle avait déjà vue lors de la précédente réunion. Celle-là même qui avait attisé sa jalousie en faisant un simple sourire à Gabriel.

Le vieil homme reprit, sans aucun autre préambule :

– Je me présente, je suis Victor. J'irai droit au but, Mademoiselle Keller. Votre temps ainsi que le nôtre est précieux.

Comment se fait-il que nous n'ayons jamais entendu parler de vous ?

La jeune femme s'était préparée à cette question et elle avait décidé de mentir.

– J'étais à l'étranger avec ma défunte mère.

Il sembla s'accommoder de la réponse. C'était sans compter Allan qui rebondit :

– Pourquoi ne saviez-vous pas que vous étiez une sorcière ? Et pourquoi personne, mis à part Monsieur Larch, ne peut sentir votre aura ?

– J'ai vécu seule avec ma mère et cette dernière m'a caché la vérité sur mes pouvoirs. Pour le reste, je n'ai pas de réponse moi-même.

Cette fois, les quatre Dirigeants se regardèrent d'un air surpris et mécontent. Ils se mirent à chuchoter entre eux jusqu'à ce que Victor leur intima l'ordre de se taire.

– Nous éclaircirons ce mystère en temps et en heure. Pour le moment, ce qui nous importe, c'est votre soutien. Pouvons-nous compter sur vous mademoiselle Keller ? Si tel est le cas, vous devez nous prêter allégeance. En cas de conflit, vous nous assurez votre présence à nos côtés, et nous devons être sûrs que nous pourrons compter sur votre pouvoir.

Zoé se sentait acculée. Le souffle court, la boule au ventre, elle répondit avec le plus d'assurance possible dans la voix :

– Je dois y réfléchir.

Surpris, Allan ouvrit grand les yeux. Quelle audace ! C'est lui qui répondit :

– Y réfléchir ? Pourquoi ?

Sans se départir de son aplomb, Zoé poursuivit :
– Pourquoi ? Parce que j'ai vécu toute ma vie comme une simple humaine, libre de ses choix et de ses actes. Et aujourd'hui, vous voudriez que je m'engage à vos côtés, comme ça, sur un coup de tête ?

Les rires des Dirigeants fusaient de toute part. Zoé se sentit insultée par leur réaction et effrayée, elle préféra se taire. Ces sorciers semblaient tout sauf sympathiques et amicaux. Allan la regardait avec un certain mépris. Victor secouait la tête et Zoé ne savait pas s'il était amusé ou irrité. Peut-être les deux. Il annonça presque théâtralement :

– Vous nous surprendrez toujours, mademoiselle Keller. Nous vous laissons une journée pour donner votre réponse. Il serait regrettable que nous ne puissions faire alliance.

Sur ces paroles, tous se levèrent et commencèrent à quitter la pièce. Une fois de plus, Zoé surprit le regard intrigué de la Dirigeante sur Gabriel, mais aussi sur elle. Elle ne savait pas quoi en penser.

Gabriel les remercia et attrapa la main de Zoé pour

prendre congé.

Une fois dans l'ascenseur, il approcha sa bouche de l'oreille de Zoé pour murmurer :
— Réfléchir ? Je crois que tu es folle…et moi avec !

Gabriel en était certain : les ennuis arrivaient.

※

Comme convenu dans le courrier, Zoé déposa sa réponse devant chez elle, près de la boîte aux lettres. Elle brûlait d'envie de rester pour les surprendre, mais elle se doutait qu'ils la surveillaient. Ils ne se manifesteraient pas en sa présence. Inutile d'attendre.

Zoé se sentait prête. Elle avait hâte de les rencontrer, malgré une légère appréhension. Le rendez-vous était fixé selon ses propres conditions, pour le soir même, près du parc des Buttes Chaumont.

Quinze minutes avant l'heure du rendez-vous, Zoé s'excusa auprès de Gabriel. Elle simula l'arrivée d'un message important d'une amie pour justifier son départ.
Elle s'avança près de la porte, essayant de paraître la plus naturelle possible. Elle ne souhaitait pas lui mentir, mais c'était préférable pour tout le monde. Elle lui précisa :
— Je n'en ai pas pour longtemps, mon amie veut juste récupérer des affaires à elle. Je reviens au plus vite.
— Sois prudente.
— Promis.

Elle sortit rapidement de chez Gabriel et monta dans sa berline pour rouler en direction des Buttes Chaumont. Malgré elle, la peur s'intensifia et l'angoisse lui serra la gorge. Elle se gara, sortit de son véhicule et fit tomber ses clés sur l'asphalte.

– Mince, c'est pas vrai !

Elle était nerveuse et ses mains tremblaient. Au moment où elle se redressa, une ombre derrière elle la fit sursauter. Elle n'eut pas le temps de crier. Quelqu'un l'immobilisa et posa une main sur sa bouche. Zoé crut reconnaître l'odeur de l'éther. Elle se demanda si finalement, c'était une bonne idée d'être venue seule à cette rencontre. Elle voulut réfléchir à une solution, mais ses muscles l'abandonnèrent, son esprit s'embruma. Elle était en train de perdre connaissance. Doucement, elle glissa sur le sol. Puis, ce fut le néant.

Une énorme douleur irradia l'ensemble de son crâne. Zoé regarda tout autour d'elle, complètement déboussolée.

Elle murmura, presque pour elle-même :

– Qu'est-ce qui s'est passé ? Je suis où ?

L'obscurité ambiante ne lui permettait pas de se situer. Son cœur cognait fort dans sa poitrine et des gouttes de sueur coulaient le long de son échine.

– Bordel, il y a quelqu'un ?

Une voix de femme lui répondit, brisant ainsi le silence :

– Vous n'êtes pas seule Zoé. Je vais devoir mettre un bandeau sur vos yeux. N'ayez pas peur, je ne vous ferai aucun mal.

Zoé ne put s'empêcher d'émettre un petit rire nerveux :

– Dit la femme qui m'a endormie, enlevée et qui me séquestre.

– Je suis désolée, mais nous devons prendre toutes les précautions possibles. Nous avons déjà pris un gros risque en vous contactant. C'est moi qui ai insisté pour que nous vous contactions.

– Et vous êtes qui ?

Zoé sentit un mouvement d'air près d'elle. Elle sursauta lorsque la femme entoura sa tête d'un bandeau à hauteur de ses yeux. Un cliquetis se fit entendre et Zoé entraperçut un halo de lumière.

– Disons que ce soir, je représente EDR, ou les Rebelles comme on nous appelle maintenant.

La femme dut s'asseoir, car Zoé crut reconnaître le bruit d'une chaise que l'on tire. L'inconnue reprit d'une voix calme :

– Alors Zoé. On va avoir une petite discussion nécessaire pour la suite des événements.

Zoé l'interrompit :

– On ne peut pas au moins défaire les liens autour de mes poignées ?

– Zoé, soyons honnête, j'ai cru comprendre que vous ne maîtrisez pas totalement vos pouvoirs, mais par sécurité on doit poursuivre ainsi. Désolé.

– Très bien alors, finissons-en.

– Quels sont vos liens avec Gabriel Larch ?

Alors là, elle ne s'attendait pas à cette question !

– Pardon ?

– Gabriel Larch est un Protecteur qui voue ses services aux Dirigeants.

Zoé n'avait jamais vu les choses sous cet angle. Elle objecta :

– Gabriel est un ami proche et je lui fais confiance, il est là pour moi si besoin.

– Et le rendez-vous avec les Dirigeants, racontez-moi.

– Comment êtes-vous au courant ?

– Nous savons tout…

– Alors, pourquoi me poser des questions !

– Vous êtes drôle Zoé.

Elle se racla la gorge et poursuivit :

– Alors ?

– Alors rien, ils veulent mon soutien et je leur ai dit que je voulais réfléchir.

– Que pensez-vous faire ?

– Rien, avec eux en tout cas. Écoutez, j'ai accepté cette rencontre, car ce que font les Dirigeants me dégoûte. Jamais je ne serais avec eux. Selon Gabriel, il me reste deux options : devenir une marginale ou rejoindre vos rangs.

– Gabriel connaît vos motivations ?

Zoé ouvrit la bouche pour attester de la loyauté de Gabriel lorsqu'un bruit sourd l'en empêcha.

La femme lança un juron puis cria :

– Larch, attendez !

Zoé comprit rapidement qu'ils étaient en train de se battre. Gabriel était en danger, et elle ne pouvait rien faire. La colère monta en elle aussi rapidement que la crue d'un cours d'eau. Sans comprendre comment, elle réussit à libérer ses mains. Celles-ci étaient brûlantes et elle réalisa que son pouvoir s'était réveillé et concentré dans ses mains. Elle se leva d'un bond et dirigea la paume de sa main vers la femme qui se tenait dos à elle. Si elle lançait son attaque, elle risquait de blesser Gabriel.

La femme hurla :

– Arrêtez Gabriel ou je vais devoir utiliser mes pouvoirs !

Prise de court par la menace que venait de prononcer la femme, Zoé visa à côté d'eux et enflamma une bonne partie du mobilier de la pièce. Des flammes léchaient la chaise sur laquelle devait être assise la Rebelle quelques secondes auparavant.

La femme se tourna vers elle, paniquée.

Lorsqu'elle vit le visage de la Rebelle, Zoé ne put retenir un hoquet de surprise.

Zoé regarda, sidérée, la jeune femme qui avait réussi, d'un simple geste de la main, à neutraliser Gabriel. Ce dernier semblait être dans l'incapacité d'effectuer le moindre mouvement.

Un tas de pensées se bousculèrent dans la tête de la jeune sorcière. Elle avait tout de suite reconnu la Dirigeante. Celle qui avait réveillé chez elle un fort sentiment de jalousie. Était-ce un piège ? N'y avait-il jamais eu de Rebelles ou bien la sorcière en faisait-elle partie ?

D'une voie forte, mais mal assurée, Zoé s'entendit crier :

– Laissez-le !

Il fallait faire vite. Zoé réalisa, affolée, que les flammes continuaient de dévorer la pièce, meuble après meuble.

– Zoé, je peux vous assurer qu'aucun mal ne vous sera fait à l'un comme à l'autre, mais vous devez vous aussi me promettre de ne pas utiliser vos pouvoirs contre moi. J'imagine que vous vous demandez comment une Dirigeante peut être du côté des Rebelles, mais sachez-le, je ne suis pas la seule.

– D'accord, je ne vous attaquerai plus, mais libérez Gabriel s'il vous plait. Et partons d'ici avant de brûler ou de mourir asphyxiés.

Comme pour appuyer ses paroles elle se mit à tousser, irritée par la fumée du feu grandissant.

La sorcière libéra Gabriel de son emprise. Il tituba. Le contrôle mental exercé par la Rebelle l'avait déboussolé. Par la simple force de son esprit, elle avait pu lui imposer ses propres volontés. Il aurait eu beau lutter des heures qu'il n'aurait pas réussi à s'en dégager. Les pouvoirs des Dirigeants étaient redoutables. Ils manipulaient les esprits et de ce fait les corps à leur guise. Zoé ne supportait pas de voir son ami dans cette posture. Il était venu à son secours, sans doute l'avait-il suivie, et elle s'en voulait de le voir ainsi. Elle l'avait mis en danger.

Semblant aller mieux, Gabriel se dirigea vers Zoé pour la serrer contre lui, se voulant protecteur.

– On doit partir d'ici, tout de suite !

Il attrapa la main de Zoé et se mit à courir vers la sortie. La Dirigeante les suivait de près.

Une fois à l'abri, le trio s'arrêta de courir pour se poster dans une ruelle à l'abri des regards indiscrets.

Gabriel chuchota à l'oreille de Zoé :

– Es-tu sûre de vouloir poursuivre ?

– Gabriel, je pense t'avoir prouvé que j'étais capable de me débrouiller seule.

Une ombre voila le regard de Gabriel. Il baissa la tête, vexé.

Comprenant sa maladresse la jeune femme reprit :

– Non, ce n'est pas ce que je voulais dire. Désolé. Je te remercie d'être venu pour moi. Je veux juste que tu comprennes que je suis capable de me défendre. Enfin, je pense.

Il hocha la tête et se pencha pour déposer un rapide baiser sur les lèvres de Zoé.

– Je ne supporterai pas qu'il t'arrive quoi que ce soit !

– Je le sais, et je ressens exactement la même chose. J'ai eu très peur pour toi ce soir.

La Dirigeante se racla la gorge.

– Je ne voudrais pas gâcher ce très beau moment de romantisme, mais nous avons une discussion à poursuivre. J'ai pris des risques pour vous rencontrer, Zoé.

– Et moi donc !

– Nous sommes d'accord. Alors, autant aller jusqu'au bout. Monsieur Larch, qu'en est-il de vous ?

Gabriel la regarda avec intensité comme s'il la voyait pour la première fois.

– Peut-on seulement vous faire confiance ? J'ai du mal à croire qu'une Dirigeante puisse trahir les siens.

– Ah bon ? Et pourquoi ? Parce que j'ai une bonne place au sein de la communauté ? Parce que j'ai des privilèges que beaucoup n'ont pas et que je pourrai tout perdre en me rebellant ? Sachez Monsieur Larch que certains ne se contentent pas de tout cela. Certains ne veulent pas vivre dans le mensonge. Certains pensent qu'il est temps que le fonctionnement de la communauté change et s'adapte à notre époque. Et je fais partie de ceux-là. Et vous Monsieur Larch ? Allez-vous encore vous contenter de suivre les ordres d'une petite minorité qui ne voit que ses propres intérêts et qui tente par tous les moyens de garder le contrôle sur les autres, quitte à mentir, manipuler et tuer ceux qui se dressent sur leur chemin ? Car croyez-moi, je suis bien placée pour savoir que c'est ce que font les Dirigeants.

Gabriel secoua la tête. Tout cela était dur à entendre. Avait-il envie de voir son monde changer ?

– Ouvrez les yeux, Monsieur Larch ! Ou alors, ayez confiance en Zoé qui a la chance de porter un regard neuf sur notre communauté.

Gabriel soupira. Il n'était pas sûr de pouvoir se fier aux paroles de la Dirigeante, mais il savait qu'il suivrait Zoé jusqu'au bout, quoi qu'il lui en coûte.

Sentant qu'elle avait toute leur attention, la Dirigeante continua sur sa lancée :

– Nous sommes quelques-uns à partager cet avis. Certains nous rejoignent après une prise de conscience et d'autres, comme moi, ont été élevés avec ces convictions. Mes parents étaient des Rebelles, tout comme leurs parents et leurs grands-parents. Pour nous, il n'existe qu'une certitude : les Dirigeants ne méritent pas leur place. Ils imposent leurs lois depuis trop longtemps. Ils gardent le contrôle, car la puissance de leur pouvoir effraie et la majorité est terrorisée à l'idée de les défier. Vous trouvez cela normal ? Nous ne voulons qu'une seule chose : la liberté pour notre communauté.

Zoé en avait assez entendu. Elle savait ce qu'elle voulait faire, ce qu'elle devait faire. Jamais elle ne prêterait allégeance aux Dirigeants. C'était pour elle comme une évidence.

– Vous pouvez compter sur moi.

Elle tendit la main à la Rebelle comme pour sceller une nouvelle union. Cette dernière en fit de même, un sourire aux lèvres.

– Alors bienvenue parmi nous, Zoé.

– Merci...

– Élisabeth, mais tout le monde m'appelle Lisa. Pour l'instant, vous ne pourrez communiquer qu'avec moi. Je suis celle qui vous souhaitait de notre côté, c'est donc à moi de me mettre en danger. Mais je ne saurai dire pourquoi, j'ai confiance en vous. Et le récent acte de bravoure de Monsieur Larch à votre égard me fait dire qu'il ne fera rien qui puisse vous nuire ! Je reprendrai contact avec vous très vite.

Elle lâcha la main de la jeune femme, leur adressa un

clin d'œil et parti d'un pas rapide en direction de la rue bondée de monde.

Zoé et Gabriel arpentaient les ruelles, main dans la main, en direction de l'appartement de ce dernier.
Une tension palpable s'était installée depuis le départ de Lisa. Le jeune sorcier avait pourtant essayé de se rapprocher d'elle. Mais cette dernière s'était murée dans le silence. Plongée dans ses pensées, des questions tournaient en boucle dans son esprit tourmenté. Avait-elle raison d'aller dans cette direction ? Avait-elle le droit d'entraîner Gabriel avec elle ?

Agacé par cette situation, le sorcier prit la parole :
– Tu comptes me reparler un jour ?
– Pardon ?
Comme si elle réalisait tout à coup sa présence, Zoé s'arrêta net :
– Je suis tellement désolé Gabriel, je n'ai rien contre toi au contraire, tu es venu me secourir, même si c'était de la folie de risquer ta vie pour moi. Merci encore. Mais j'ai besoin de réfléchir.
– À quoi ? Il est un peu trop tard pour ça non ?
Son ton un peu abrupt surprit la jeune sorcière.
Face à son regard accusateur, Gabriel se radoucit avant de reprendre :
– Soyons honnête Zoé, les dés sont jetés, les décisions sont prises. Tu t'es alliée aux Rebelles.
Elle se tourna vers lui et encadra de ses mains son

visage anguleux :

– Regarde-moi et ose me dire que la cause pour laquelle ils se battent n'est pas justifiée ?

Face à son silence, elle haussa le ton :

– Bon sang, Gabriel, tu ne peux pas être aussi aveugle ? Tu vois bien que les Dirigeants...

Gabriel lui coupa la parole.

– Arrête Zoé, tu ne comprends pas.

Il s'était mis à faire les cent pas en gesticulant.

– Est-ce que tu as conscience de ce que je suis prêt à sacrifier pour toi ?

– Mais je ne t'ai rien demandé !

Il émit un petit rire avant d'opiner de la tête et d'approuver :

– C'est vrai, tu ne m'as rien demandé. Je t'ai révélé notre existence parce que mon don m'a fait comprendre que tu étais des nôtres. Tu es entrée dans ma vie et tu as balayé toutes mes certitudes. Je ne me reconnais plus. Tu ne m'as rien demandé, non, et pourtant je suis prêt à prendre des risques pour toi et même à trahir les miens. Et tu sais quoi, je m'en fiche. Tant que tu es près de moi.

Le corps de Zoé trembla légèrement. Elle était sous le choc des révélations de Gabriel. Certes, elle se doutait de son attachement à son égard, mais elle ne s'attendait pas à cette déclaration. Elle aurait voulu lui répondre, mais aucun son ne réussit à franchir la barrière de ses lèvres. Elle se contenta de s'approcher de lui pour se blottir dans ses bras. Après quelques instants, ils poursuivirent leur route, conscients du changement qui s'était opéré entre eux.

Gabriel dévorait la pizza napolitaine que le livreur venait de déposer. Zoé, elle, était bien trop préoccupée pour avaler quoi que ce soit. Elle se repassait en boucle les événements de la soirée. Elle n'en revenait toujours pas de l'identité de la Rebelle qui l'avait contactée. La première fois qu'elle l'avait vue, Zoé devait bien l'admettre, elle l'avait trouvée sublime. Quelque chose en elle différait des autres, mais Zoé n'aurait jamais pensé que cela puisse être une Rebelle. Elle se demandait maintenant qui étaient les autres Dirigeants Rebelles. Mais par-dessus tout, elle se demandait pourquoi ils l'avaient choisie et en quoi elle pourrait leur être utile.

Pour Gabriel, c'était une évidence :

– Elle te l'a dit, ton regard nouveau sur la communauté est un atout. Et tes propos défavorables à l'encontre des Dirigeants ne lui ont pas échappé. Aux autres non plus, d'ailleurs, je pense. Et pour finir, tu es du clan des Guerriers et tu as le pouvoir du feu.

– Pouvoir que je ne maîtrise pas et qui semble s'activer uniquement lorsque je me sens en danger apparemment.

– Ça, les Dirigeants ne doivent pas le savoir où tu t'exposerais à un plus grand risque. Ils te sauraient faible.

– Je dois à tout prix apprendre à le maîtriser !

La bouche pleine, Gabriel hocha la tête :

– Chui bien d'accord ! Et le plus vite sera le mieux ! Elle ne put s'empêcher de rire et de le taquiner :

— Oui, et toi, tu devrais apprendre à ne pas parler la bouche pleine !

— Désolé, Madame la Princesse.

Il avala à la hâte le dernier bout de pizza avant de se rapprocher de Zoé. Il s'assit près d'elle, posa tendrement ses lèvres sur les siennes et la renversa sur le canapé. Sa peau était douce et contrastait avec la rugosité de la paume de ses mains. Il chuchota dans le creux de son oreille :

— Tu as compris à quel point je tiens à toi, Zoé ?

Sa voix suave l'électrisa. Ses baisers se firent plus passionnés et Gabriel la serra plus fort encore. Il sentit l'odeur de sa peau, ce mélange d'agrumes et de vanille qui lui était désormais familier, et il ferma les yeux pour s'enivrer. Soudain, des images défilèrent devant ses yeux. Il se redressa d'un bond pour se tenir debout devant elle. La violence de la vision le fit tituber. Il s'écria :

— Non !

Zoé ne comprenait pas ce qu'il se passait. Elle le regardait, les yeux écarquillés par ce qui semblait être de la peur mêlée à un sentiment que Zoé ne sut identifier. L'instant d'avant, le sorcier l'enlaçait de toutes ses forces, et voilà qu'il reculait, presque comme... apeuré ou dégoûté.

Gabriel continuait de secouer la tête comme il le faisait souvent lors des visions, espérant pouvoir chasser les images. Mais cela ne fonctionnait jamais. Elles restaient gravées dans sa mémoire.

Il répéta :

— Non, ce n'est pas possible, cela ne peut pas être vrai !

Zoé se leva et s'approcha de lui. Elle tendit une main

vers son épaule.

Gabriel recula :

– Ne t'approche pas... Je... Je suis perdu... Désolé.

Il attrapa ses clés de voiture et se dirigea vers la sortie presque en courant. Juste avant que la porte ne se referme, Zoé hurla son prénom.

Zoé appuya sur la touche rappel de son smartphone pour la énième fois. Le nom de Gabriel s'affichait en grosses lettres. De nouveau, elle tomba directement sur la boîte vocale. Elle résista à l'envie furieuse de balancer le cellulaire à travers la pièce. Elle ne comprenait pas sa réaction. Pourquoi s'était-il enfui et pourquoi ne répondait-il pas à ses appels ? Elle tenta de joindre Niko, espérant trouver en son ami, un soutien. Ce dernier décrocha à la première sonnerie. D'une voix enrouée, il lui demanda immédiatement :

– Zoé, il y a un problème ?

Soudain, elle sentit une boule lui nouer la gorge et elle dut retenir un sanglot trop longtemps maîtrisé.

– C'est Gabriel. Tout se passait bien et soudain il s'est enfui. Il a eu une vision, mais je ne sais pas laquelle.

Les larmes commençaient à couler le long de ses joues. Ce n'était pas tant des larmes de tristesse, mais plutôt de colère et d'incompréhension. Elle méritait une explication, peu importe ce qu'il avait vu. Il n'avait pas le droit de partir comme un voleur. Elle s'était sentie trahie et même humiliée. Son regard l'avait profondément blessée. Quelle vision pouvait justifier un tel comportement ? Avait-il vu le futur ? Allait-elle commettre un acte répréhensible ? Si tel était le cas, on ne peut pas blâmer une personne pour une chose qu'elle n'a pas encore faite. Zoé avait la conviction que le destin n'était pas figé. Chacune de nos décisions pouvait changer le cours de l'histoire. Lorsque Niko se racla la gorge, Zoé se ressaisit. Elle essuya ses larmes d'un revers de la main. Elle en avait marre de pleurer, marre de se sentir comme une victime. Elle était forte et comptait bien le prouver. Gabriel lui devait une explication. Et ensuite, elle accepterait sa décision, sans la subir. Elle venait de se découvrir sorcière, elle avait des pouvoirs à développer et un combat à mener auprès des Rebelles.

– Zoé, ne t'inquiète pas. Je vais essayer de l'appeler.

– On tombe directement sur son répondeur !

– Le connaissant, il doit filtrer ses appels. La vision a dû le perturber et il doit avoir besoin de temps. Cela lui arrive parfois. Sauf que cette fois, la vision te concerne, et d'aussi loin que je me souvienne, Gabriel ne s'est jamais attaché à qui que ce soit, avant toi. Il ne doit pas savoir comment gérer. Repose-toi, je te tiens au courant. Tout va s'arranger. Sois-en sûre.

– Merci Niko, tu es un ami précieux.

Elle raccrocha et jeta son téléphone sur le canapé avant de venir s'y asseoir. Elle s'enroula d'un plaid et décida d'attendre que son ami lui donne des nouvelles.

Niko comprit très vite que quelque chose de terrible avait dû se passer dans l'esprit de son ami. Ce que beaucoup ne comprenaient pas, c'est que Gabriel vivait ses visions avec beaucoup d'intensité. Et parfois, elles pouvaient le heurter. Quelques années auparavant, les deux amis étaient réunis autour d'un verre avec un autre de leur compagnon, Paul. Lorsque Gabriel posa amicalement le bras autour des épaules de Paul, celui-ci devint blême. Le reste de la soirée, le jeune sorcier resta muet et bu beaucoup plus que de coutume. Le soir, il avoua à Niko qu'il avait vu le jeune homme se faire tuer. La vision était floue et ne permettait pas à Gabriel de dire où et quand. Il se sentait terriblement impuissant. Il n'avait discerné que son visage maculé de sang. Deux jours plus tard, ils apprenaient que Paul était décédé dans un accident d'hélicoptère. Bien souvent, Gabriel ne voyait pas ses visions comme un don, mais plus comme une malédiction. Il se demandait à quoi pouvait lui servir son don s'il ne pouvait pas sauver ceux qu'il aimait.

Gabriel décrocha immédiatement. Comme Niko s'en doutait, il filtrait ses appels.
– Salut Niko.
Sa voix était tendue.
– Tu te doutes de la raison de mon appel. Zoé est dans tous ses états, tu n'imagines même pas.
– Si, je peux comprendre. Je sais que je suis parti comme un fou. Elle doit m'en vouloir, mais je n'ai pas eu le choix.
– Je t'ai rarement vu réagir de façon irréfléchie. Qu'est-ce qu'il se passe, mon ami ?
– Je tiens beaucoup à elle, Niko.

– Je sais.

Il ne voulait pas le brusquer et Gabriel ne semblait pas prêt à tout lui révéler.

– Peu importe ce que tu as vu, on peut en parler et essayer de changer les choses.

Gabriel s'agitait à l'autre bout du fil.

Sa voix auparavant empreinte d'anxiété, se chargea de colère.

– Changer les choses ? Mais je n'ai pas vu son futur Niko ! C'est son passé ! Et on ne change pas le passé !

– Qu'est-ce que tu racontes ? Elle n'a pas pu faire un truc si terrible tout de même.

– C'est plus une intuition qui est venue après des flashs... Niko je ne peux pas en parler au téléphone.

Après quelques secondes de silence, il poursuivit :

– Merde, je suis perdu. Je sais que je l'aime. Mais je ne peux pas être avec elle. C'est impossible. Comment je pourrai...

– Écoute Roméo, je ne comprends rien à ce que tu racontes. Alors, dis-moi où tu es et je te rejoins, OK.

Il entendit la respiration saccadée de son ami à l'autre bout du fil. Il avait du mal à croire que Gabriel Larch puisse se mettre dans un tel état pour une femme. Certes, c'était la première fois qu'il était amoureux, mais tout de même...quelque chose lui semblait étrange.

– Je vais venir, tu es chez toi ?

Niko se racla la gorge :

– Oui, mais je ne suis pas seul.

– Merde désolé, tu as une vie aussi et je te dérange.

– Je t'interdis de dire ça. Tu as toujours été là pour moi et j'en ferai de même. Et puis des mecs, j'en trouve à la pelle.

Gabriel retint un petit rire. Son ami était un vrai Don Juan. Son homosexualité n'avait jamais été un problème pour lui. C'était un artiste dans toute sa splendeur, avec ses frasques et ses états d'âme.

– Merci.

– Ça va aller, j'en suis sûr Gabriel.

– Je ne sais pas. C'est grave Niko, très grave. Et ça me dépasse complètement.

Il donna l'emplacement de sa voiture et raccrocha son portable. Au même moment, il prit conscience des nombreux appels de Zoé. Il s'en voulait, mais il ne saurait quoi lui dire s'il l'avait au téléphone. Il avait besoin d'y voir plus clair avant de prendre une décision. Au fond de lui, il ne voyait pas comment il pouvait rester avec elle.

La décapotable rutilante de Niko déboula dans le parking quelques minutes plus tard. Il fit claquer sa portière et Gabriel comprit, en voyant ses cheveux indisciplinés, qu'il n'avait pas pris le temps de se préparer. Il s'avança d'un pas rapide et s'assit côté passager. Comme à son habitude, il posa un pied contre le tableau de bord. Son attitude nonchalante fit sourire Gabriel. Cet homme, qu'il connaissait depuis l'adolescence, avait le don de l'apaiser. Ils étaient amis depuis si longtemps que parfois les mots n'étaient pas nécessaires. Mais cette fois, Niko attendait des explications. Il voulait savoir ce que sa vision lui avait révélé pour le perturber ainsi.

– Merci d'être venu.

– Pas de soucis.

– Il est parti ?

Niko le regarda, surpris, avant de comprendre qu'il parlait de son invité du moment. Il émit un petit rire avant de répondre :

– Il est censé l'être à mon retour. Pour être honnête il ne me plaisait pas tant que cela à la lumière du salon et je ne savais pas comment le lui avouer, alors merci pour le service rendu.

Gabriel souriait, pourtant son regard était perdu dans le vide. La vision l'avait laissé KO. Il était choqué et ne savait pas comment réagir. Deux options s'offraient à lui. Aucune ne lui convenait. Il aurait préféré ne jamais savoir. Sur toutes les âmes de ce monde pourquoi était-il tombé amoureux de celle-ci ? Il ne pouvait être avec elle, mais l'idée de la perdre le dévastait.

Son ami lui rappela sa présence en posant une main amicale sur son épaule.

– Tu sais que tu peux tout me dire… et je reste convaincu qu'une solution à ton problème existe…

– Je crois que tu n'imagines même pas ce qui me tombe dessus. En réalité, cela ne concerne pas que moi, mais toute la communauté.

Il s'arrêta de parler et frotta son visage de ses larges mains.

– Bordel, j'ai l'impression que si je parle, je rends tout cela réel !

– Tu comptes faire durer le suspense encore longtemps ?

– Une fois que je l'aurai dit, plus rien ne sera pareil et aucun retour en arrière ne sera possible. Peut-être que je devrai garder tout ça pour moi. Peut-être que je devrai juste ne plus la voir et oublier ma vision.

– Honnêtement, ne te sens pas obligé de tout me raconter. Ce n'est pas parce que j'ai annulé ma soirée et que je t'ai rejoint ici à la hâte que tu dois tout me dire.

Son ton ironique n'échappa pas à Gabriel.

– Je suis désolé…

– Non, j'étais sérieux, ne te sens obligé de rien. Je suis là pour toi, que tu me parles ou non. Tu sais que tu peux me faire confiance et même, si je dois par la suite garder un énième secret, je le ferai. Je peux même appuyer sur une touche et tout oublier.

Son humour permit à Gabriel de se détendre petit à petit.

Au moment où il allait répondre, le nom de Zoé s'afficha de nouveau sur l'écran du portable.

– Réponds-lui, elle est morte d'inquiétude. Et en colère aussi bien sûr.

– Je ne sais pas quoi lui dire.

– La vérité, ou du moins celle que tu peux lui donner

à cet instant.

Son ami avait raison. Sa vision l'avait perturbé et il était parti précipitamment sans aucune explication. Il avait mal réagi, il le savait pertinemment. Son attitude était inexcusable.

Gabriel se racla la gorge avant de décrocher et de prononcer son prénom d'une voix morne :
– Zoé...
À l'autre bout du fil, la jeune sorcière ne répondit pas tout de suite. Elle ne s'attendait pas à ce qu'il décroche. Elle ruminait sa colère depuis plusieurs heures et pourtant, au son de sa voix, une crique en elle céda et la seule chose qui lui importait désormais était de comprendre et d'arranger les choses.
– Pourquoi ?
Ce fut le seul mot qu'elle parvint à articuler.
Une boule se forma dans le creux de la gorge de Gabriel. Comment pouvait-il lui dire que leur relation était désormais impossible ? Il éprouvait une violente douleur, mais le souvenir de sa vision et la réalité le rattrapa. Cette femme n'était pas pour lui. Il devait la quitter, cela ne pouvait être autrement.
– Je suis désolé Zoé. Désolé d'être parti sans te dire pourquoi. Et désolé aussi...
Il eut du mal à finir sa phrase. Gêné, Niko était sorti fumer une cigarette, son corps svelte et musclé appuyé contre le chambranle du véhicule. Gabriel prit une profonde inspiration afin de poursuivre :
– Pardonne- moi Zoé, mais nous ne pouvons plus

nous voir.

Choquée, la jeune femme resta sans voix. Avait-elle bien entendu ? Elle ne s'attendait pas du tout à cette annonce. Se séparer ? Alors que, quelques heures plus tôt, Gabriel lui avait avoué ses sentiments ?

– C'est une blague ?

– J'aurai préféré, mais non. Zoé, crois-moi, je ne peux plus être avec toi désormais.

– Mais pourquoi ? Explique-moi au moins ! Tu me le dois !

– Oui, mais pas au téléphone. Je vais revenir d'ici quelques heures. Attends-moi et je te donnerai la raison.

– Je ne suis pas stupide Gabriel ! J'ai bien compris que tu avais eu une vision. Et comme je n'ai rien à me reprocher, j'imagine qu'il s'agit d'une vision du futur. Mais comment peut-elle t'ébranler à ce point et te faire prendre une telle décision ? La vie n'est pas figée et tout peut encore changer.

Zoé se sentait pitoyable, mais elle ne voulait pas le perdre. Le cœur serré elle supplia presque :

– Je te demande pardon pour ce que je suis censée faire dans le futur… Ne fais pas ça Gabriel, pas maintenant que je t'ai donné mon cœur…

Les larmes aux yeux, Gabriel serra le volant à s'en faire pâlir les jointures. Maudites visions ! Maudit pouvoir ! Pourquoi avait-il fallu qu'il voit cela ? Pourquoi avait-il fait cette découverte ?

À deux doigts de craquer, il se contenta de lui dire qu'il allait bientôt rentrer avant de raccrocher.

Il prit quelques secondes pour se donner une contenance et frappa sur la vitre pour avertir Niko de la fin de sa conversation. Il décida au dernier moment de sortir du véhicule.

– Je vais prendre l'air avec toi, ça me fera du bien.

Même s'il fumait rarement, il attrapa la cigarette de son ami pour la porter à ses lèvres charnues. Un peu de nicotine atténuerait peut-être son stress. Il recracha des volutes de fumée avant de regarder Niko. Ce dernier avait les yeux posés sur lui depuis plusieurs secondes, attendant qu'il se décide enfin à parler.

– Je l'ai quitté, je n'ai pas le choix.

– Je ne sais pas, tu ne lui accordes même pas le bénéfice du doute ? Bordel ! Gabriel, tu trouves la femme de ta vie et pour une vision, tu la largues ! C'est quoi le problème ? Elle est en train de trahir la communauté et toi avec ? Bon sang, qu'est-ce qu'elle a bien pu faire ?

– Rien du tout.

Interloqué, Niko regarda Gabriel et resta suspendu à ses lèvres, dans l'attente de la suite de ses paroles.

Hésitant à tout révéler, le sorcier ne poursuivit pas. Mais son ami insista lourdement du regard. Sa curiosité avait pris le dessus sur sa volonté de le laisser aller à son rythme.

Alors Gabriel rajouta doucement :

– C'est ce que j'ai découvert sur son ancêtre....

Gabriel remercia Niko une centaine de fois. La

présence et les conseils de son ami l'avaient rassuré. Il était habituellement assez sûr de lui et de ses décisions, mais depuis qu'il connaissait Zoé, plus rien ne lui semblait être ordinaire. Ses réactions, son comportement, ses sentiments, tout cela ne lui était pas familier. Avec Zoé il se révélait être un homme nouveau. Penser à cela lui enserrait le cœur dans un étau. Il ne pouvait imaginer sa vie sans elle, car en peu de temps, elle avait pris une place importante. Mais il ne pouvait envisager de rester avec elle non plus.

Il se gara devant l'immeuble et grimpa les quelques marches qui le séparaient de la porte d'entrée. Il redoutait le moment où il allait devoir lui révéler sa vision. Il savait pertinemment qu'elle n'était pas responsable de la situation et il savait aussi qu'elle serait à nouveau profondément perturbée par ses révélations. Au moins, elle saurait vraiment qui elle est. Il avait enfin la réponse qu'ils cherchaient et il le regrettait amèrement. S'il avait su…

Zoé était assise sur le bord du canapé, les mains jointes et le visage fermé. Elle le regarda s'avancer vers elle d'un pas hésitant. Il s'assit près d'elle, maintenant tout de même une certaine distance entre eux. Cette position ne leur permettait pas de se regarder directement dans les yeux et chacun semblait trouver cela préférable. Zoé savait qu'elle perdrait ses moyens en croisant son regard et Gabriel n'osait l'affronter, redoutant d'y voir sa détresse. Comment en étaient-ils arrivés là ? Il brisa le silence le premier :

– Je m'en veux terriblement Zoé. Tout est de ma faute.

– Pourquoi ?

– Parce que je suis venu te chercher, parce que je t'ai avoué mes sentiments et qu'aujourd'hui je n'ai pas d'autre choix que de mettre un terme à cela.

– Non, ma question c'est pourquoi tu fais ça ? Quelle est cette vision qui te pousse à m'abandonner ? À nous abandonner alors que je sais que tu ressens comme moi cette attraction, cette force qui nous pousse l'un vers l'autre et cette impression de nous connaître depuis toujours...

Les yeux de Zoé s'emplirent de larmes. Elle était prise d'assaut par une multitude de sentiments : la colère, l'incompréhension, la tristesse...

Gabriel aurait voulu la réconforter, mais il savait qu'il ne pouvait pas se le permettre.

– Dis-le-moi, je t'en prie ! Quelle est cette vision qui t'a fait perdre toute confiance en moi !

– Non Zoé, il ne s'agit pas de cela, j'ai confiance en toi, tu n'es pas responsable...

Elle ne le laissa pas achever sa phrase et cria presque :

– Alors quoi ? J'attends toujours de savoir ce que je vais faire pour mériter un tel châtiment ! Je me suis retrouvée projetée dans un autre monde et même si je suis forte, j'ai perdu tous mes repères, et c'est toi, Gabriel, qui est devenu mon phare dans cette tempête. Alors te perdre m'est insupportable.

Gabriel était livide. Il aimait cette femme, mais sa vision avait anéanti tous ses espoirs de vie commune. Comment pouvait-il en être autrement ? Ils étaient tous deux sorciers, certes, mais leur passé commun était un obstacle à leur histoire. Il pouvait s'opposer aux Dirigeants pour elle, mais il ne pouvait trahir les siens, il ne pouvait agir à l'encontre des Protecteurs et de sa famille.

— Zoé arrête, il ne s'agit pas de toi, ni même de nous ! Tu connais mes sentiments pour toi.

— Non, je ne suis plus sûre de rien !

— Ne doute pas de mon amour pour toi. Jamais.

Il tendit la main vers sa joue pour essuyer la larme qui s'y trouvait.

Il était temps de lui dire la vérité. Sa vérité. Celle qui faisait d'elle la personne qu'elle était désormais. Celle qui les opposait.

— Je n'ai pas eu de vision du futur, mais du passé. Une vision et une intuition, une révélation même. En fait Zoé, j'ai eu la réponse que l'on cherchait. Je sais enfin qui tu es.

Choquée, la sorcière le regarda fixement. Elle ne s'attendait pas à cela. Elle avait voulu savoir quelles étaient ses origines, pourquoi elle avait vécu comme une humaine sans même connaître l'existence de ses semblables. Mais à présent, elle doutait. Il était évident que ce passé la privait de tout avenir avec celui qu'elle aimait. Voulait-elle vraiment le découvrir ?

Ses mains tremblaient et elle avait du mal à maîtriser son émotion. Le jeune homme le remarqua et ne put s'empêcher de se rapprocher d'elle avec l'intention de la réconforter. Perturbée, Zoé recula et lui demanda de poursuivre. Maintenant qu'il connaissait la vérité, elle ne pouvait rester dans l'ignorance.

Même s'il était attristé par son rejet, Gabriel n'en laissa rien paraître et lui répondit de sa voix rauque :
– Tu es la descendante d'une grande sorcière, Zoé.

16

Musa, Hiver 1507

Tout était prêt pour réaliser le sortilège.

La tourmaline que sa fille avait dorénavant autour du cou avait été trempée dans une coupe pleine d'eau et de plantes aux vertus particulières, toute une nuit de pleine lune. Musa avait facilement trouvé les feuilles de sauge blanches qu'elle avait fait sécher dans le but de les faire brûler, un peu comme on brûle de l'encens. Elles étaient censées purifier le lieu avant de réaliser le sort.

La sorcière se plaça devant sa fille, une main posée sur son collier puis elle entama l'incantation dans un murmure :

— *J'en appelle aux quatre éléments, j'en appelle aux forces de l'univers, au soleil et à la lune. Usez de votre puissance et protégez ma fille et sa lignée. Nuit et jour.*

Que leurs pouvoirs restent endormis et qu'ils restent invisibles aux yeux des sorciers.
Seul le véritable amour pourra briser le sortilège.

Le sort était lancé. Sa fille et sa lignée ne seraient plus jamais en danger. Son départ lui coûtait, mais il permettait à Alaric et à Jehanne de vivre en paix parmi les hommes. Désormais, les sorciers ne pourraient plus ressentir l'aura de la jeune sorcière. Ils ne connaissaient pas son existence et elle pourrait vivre une vie normale. Mais sans mère. Cependant, Musa ne s'avouait pas vaincue. Elle combattrait Les Dirigeants et pourrait retrouver sa fille et Alaric. Elle en était certaine. Elle voulait y croire. Elle le devait, pour survivre. Musa essuya ses larmes d'un revers de la main, embrassa Jehanne une dernière fois avant de sortir retrouver l'homme qu'elle aimait et qu'elle allait devoir abandonner. Elle croyait en la force de l'amour. Un jour l'amour vaincrait.

Alaric la serra si fort qu'il lui fit presque mal. Il devait la laisser partir. Il le savait, ils étaient en danger. Les sorciers se rapprochaient et à plusieurs reprises ils avaient failli être découverts. Par son sacrifice, elle les sauvait tous les deux. Jamais il ne l'oublierait. Mais cela n'atténuait en rien le sentiment d'injustice terrible qu'il ressentait. Il la regarda partir à travers les bois, observant sa silhouette longiligne et sa longue chevelure rousse pour ce qu'il savait être la dernière fois.

Musa marcha de longues heures à travers la forêt

dense et sombre. Elle longea une rivière sur plusieurs centaines de mètres et aperçut les lumières d'un village non loin de là. Elle aurait voulu y parvenir avant la tombée de la nuit, mais le soleil était déjà en train de décliner à l'horizon donnant au ciel cette couleur si particulière. Elle accéléra le pas, espérant atteindre la bourgade au plus vite. Voyager de nuit n'était pas très prudent et elle priait pour trouver une auberge qui accepterait de la loger pour la nuit. Elle avait quelques pièces de monnaie dans ses poches, ce qui devrait lui permettre de survivre pendant quelque temps. La sorcière ne marchait pas sans but. Elle avait un objectif à atteindre, peu importe le temps que cela lui prendrait.

17

Paris, été 2019

Zoé répéta, interloquée :
– Une puissante sorcière ?
– Oui. Musa. Elle a vécu il y a cinq siècles. À cette époque, beaucoup de choses se sont passées pour la communauté.

La curiosité avait pris le dessus sur le reste. Zoé voulait tout savoir. Elle espérait que Gabriel lève le voile sur les zones d'ombres de son histoire en lui parlant de son ancêtre. Elle le pria de continuer. Gabriel poursuivit sur un ton monocorde :
– Musa était une puissante sorcière appartenant au clan des Guerriers. Elle possédait le don du feu et tu en as hérité.

Pour l'instant, elle n'apprenait rien d'extraordinaire. Elle savait déjà qu'elle appartenait au clan des Guerriers, il était donc logique qu'il en soit de même pour son ancêtre.

– Et ? Dis-moi tout Gabriel, je t'en prie.

Le jeune homme lui jeta un regard rapide. La suite était compliquée à avouer. Devait-il lui dire que le surnom de son ancêtre était Musa la traîtresse ? Fallait-il qu'elle sache les horreurs que son ancêtre avait perpétrées ?

Voyant son hésitation, Zoé comprit :

– Qu'est-ce que tu me caches Gabriel ? Dis-le-moi !

– Très bien, comme tu voudras.

Malgré sa compassion envers elle, il savait qu'il devait tout lui dire, car seules des explications lui permettraient de justifier sa décision. Il savait que ses propos allaient être difficiles à entendre alors il parla avec le plus de douceur possible, cherchant comment minimiser les actes de la traîtresse. Il ferait court, il irait à l'essentiel.

– Elle était amoureuse d'un homme, un simple humain. Les Dirigeants ont eu vent de son histoire et ils ont su que Musa avait révélé notre secret à cet homme.

Malgré lui, il avait parlé avec un certain dégoût. Il s'en aperçut et tenta de ne plus rien laisser paraître. Zoé, elle, ne s'était rendu compte de rien. Elle était suspendue à ses lèvres, attendant la suite du récit.

– Les Protecteurs ont eu l'ordre de l'arrêter, car comme tu le sais, c'est interdit de parler de la communauté aux humains. Cela met tous les sorciers en danger.

– Je ne crois pas que cet homme aurait pu faire du mal aux sorciers puisqu'il aimait une sorcière!

– Ah bon ? Et si leur histoire s'arrêtait quelque temps après et qu'il parle des sorciers pour se venger d'elle ?

– Qui l'aurait cru ? Quelles preuves avait-il ? Ils

l'auraient pris pour un fou, c'est tout.

— Tu te trompes Zoé, car tu sembles oublier comment cela se passait à cette époque. On dénonçait n'importe qui pour sorcellerie et les preuves n'étaient pas nécessaires pour justifier la sentence.

Zoé baissa les yeux et secoua la tête. Elle réalisait qu'il disait vrai, pourtant elle ne voulait pas admettre qu'il avait raison. Elle le laissa poursuivre :

— Les Protecteurs les ont retrouvés dans une forêt. Ils voulaient que Musa rentre avec eux.

La jeune femme imaginait parfaitement bien la scène. Elle fut choquée par ce que Gabriel venait de lui dire :

— Et qu'elle abandonne l'amour de sa vie ?

— C'était un sacrifice nécessaire ! On ne peut se mêler aux simples mortels.

— Si comme je peux malheureusement le constater, il est aisé pour toi de sacrifier ton amour, il n'en est pas de même pour tout le monde !

Gabriel reçut sa critique comme une flèche en plein cœur. Il fit comme si de rien n'était et poursuivit le récit, tel qu'il lui avait été transmis par ses ancêtres :

— Elle devait donc rentrer et les Protecteurs devaient faire leur travail : protéger le clan. Ils devaient s'assurer que notre secret serait bien gardé.

Zoé cria presque :

— Tu es en train de dire qu'ils avaient pour ordre de tuer le jeune homme ?

— Oui, ils n'avaient pas le choix eux non plus! Zoé, tu dois comprendre ce que faire partie du clan implique ! Être un sorcier demande des sacrifices que cela te plaise ou non !

La jeune femme sentit son sang bouillir dans ses veines et elle s'emporta :

– Je ne ferai aucun sacrifice ! Sorcière ou simple humaine, je ferai mes propres choix et je me battrai pour ceux que j'aime !

– Tu es bien comme ton ancêtre !

– Je ne vois pas où est le mal !

– Tu ne le vois pas ?

Cette fois-ci, c'est lui qui laissa apparaître sa rage. Au souvenir de ce que ses ancêtres avaient vécu, ses traits se déformèrent sous la colère, et il reprit, les mâchoires serrées :

– Ne penser qu'à soi entraîne de lourdes conséquences. Musa à fait ce choix-là, celui de l'amour et de suivre son cœur et cela a coûté la vie à la quasi-totalité des Protecteurs.

Zoé ne répondit pas tout de suite. Des images défilèrent devant ses yeux et elle réalisa tout un tas de choses. Tout d'abord, elle comprit que c'était Musa qui, ce jour-là, avait anéanti la majorité des Protecteurs, un fait important dont lui avait déjà parlé Gabriel. Elle comprit soudainement, un goût amer dans la bouche, pourquoi Gabriel ne pouvait être avec elle.

Elle comprit également qu'elle avait cette histoire ancrée au plus profond d'elle, comme une réminiscence. Cette scène lui était familière, elle avait déjà vu cette forêt à plusieurs reprises. C'était celle qu'elle avait peinte durant toutes ces années, comme si son passé tentait de refaire surface malgré elle.

Gabriel s'était levé et faisait les cent pas près du canapé. Les poings serrés, il revivait avec difficulté les événements qui avaient marqué ses ancêtres.

Zoé se leva à son tour pour se rapprocher de lui.

– Je suis désolée pour toi, Gabriel. Je comprends maintenant.

Le sorcier se radoucit et leva un regard empli de tristesse vers la jeune femme.

– Comment pourrais-je rester avec toi sans trahir ma famille ? Durant des années, mon grand-père et mon père m'ont parlé de cette histoire, de cette femme qui avait failli détruire tout mon clan. Ce soir-là, mon aïeul a poussé son fils dans les buissons et cela lui a sauvé la vie. Sans cela, je ne serai même pas ici.

Zoé déglutit avec difficulté. Elle comprenait, oui, elle ne pouvait qu'imaginer sa souffrance et sa colère. Pourtant, cela ne voulait pas dire que Musa avait eu tort. Bien au contraire.

Elle se hasarda :

– Ne penses-tu pas que tout ceci soit essentiellement la faute aux Dirigeants qui ont donné ces ordres atroces ?

– Tu en reviens toujours à eux ! Pour une fois, je pense que leurs ordres étaient justifiés. Je te l'ai dit, c'était trop risqué à cette époque. Ils ont pris une décision pour le bien de tous.

– Par amour pour moi tu étais pourtant prêt à te rebeller contre eux.

– Car tu m'as fait ouvrir les yeux sur leur façon de

gouverner datant d'un autre âge. Je pense que tu as raison sur ce point, les choses doivent changer. Mais à cette époque, c'était la bonne décision.

— À l'évidence, nous avons un gros désaccord.
— De toute évidence, oui.

Zoé avait découvert qui était son ancêtre, d'où elle venait. À présent, elle souhaitait en savoir encore plus.

— Qu'est-elle devenue par la suite ?
— Personne ne le sait. Ils l'ont traquée pendant des années, en vain. On ignorait qu'elle avait une descendance. On croyait que sa lignée s'était éteinte avec elle.
— Est-ce qu'on sait pourquoi mes pouvoirs étaient en sommeil ?
— Non. Peut-être parce que tu n'es pas une sorcière de sang pur.
— Peut-être.

Le silence qui suivit devint presque assourdissant. Il n'y avait plus rien à dire. Et cette vérité s'imposait douloureusement à eux.

Quelques minutes plus tard, Zoé monta chercher ses affaires. Le cœur lourd, elle savait qu'elle devait s'en aller. Une fois ses affaires emballées, elle redescendit et se dirigea lentement en direction de la porte d'entrée. La voyant, Gabriel se précipita vers elle pour prendre son sac. Elle le fixa quelques instants. Son regard était douloureux et il vit ses lèvres trembler lorsqu'elle prononça :

– J'ai appelé un taxi, il ne devrait pas tarder.

– Zoé, je suis tellement désolé.

Il lui avait dit plusieurs fois. Elle ne savait pas quoi lui répondre. Elle aussi était désolée.

Elle franchit le seuil de la porte et sentit son cœur se briser.

– Adieu Gabriel.

Gabriel la regarda monter dans le taxi qui venait tout juste d'arriver. Il lui fit un signe de la main avant que ce dernier ne démarre et emmène loin de lui celle qu'il considérait comme l'amour de sa vie. Il lâcha un soupir lourd de regret.

Il était perdu. Elle lui avait parlé de sacrifice par amour, lui de sacrifice pour le clan. Qui avait raison ? Y avait-il une bonne option ?

À son réveil, Gabriel décida d'appeler son père. Il ressentait le besoin d'avoir son avis. Il lui dirait certainement ce qu'il lui a toujours dit : cette sorcière a trahi son clan.
Ce dernier décrocha au bout de quelques sonneries, essoufflé comme s'il avait couru un marathon.

– Papa, c'est moi.

– Fiston, comment tu vas ?

– Je te l'ai déjà dit, arrête de m'appeler fiston, je n'ai plus dix ans.

– Tu es toujours un gosse pour moi ! Alors que se passe-t-il ? Tu ne m'appelles quasiment jamais…

– Je viens te voir une fois par mois, je ne peux pas faire mieux entre le travail et le reste.

– Ce n'est pas un reproche, fiston, j'ai eu ton âge. Alors comment vas-tu ?

– Bien.

– Mais ?

Son père était aujourd'hui un homme âgé de soixante-dix ans. Il avait travaillé pour le clan en tant que Protecteur, comme Gabriel le faisait désormais. Et puis un jour, il avait tout arrêté et s'était mis en retrait du clan, prétextant qu'une affaire avait mal tourné et qu'il ne souhaitait plus continuer. À l'époque, il était peu présent pour sa famille, car il parcourait le monde, mais c'était un père aimant et attentionné. Lorsque sa femme mourut, il confia Gabriel à ses grands-parents maternels, mais il n'avait jamais cessé de venir le voir.

– Papa, tu te souviens quand j'étais gosse tu m'as parlé de la sorcière qui a trahi la communauté et détruit la majorité des Protecteurs ?

– Bien sûr, cela fait partie de notre histoire, fiston.

– Est-ce qu'on sait ce qu'elle est devenue ?

– Pas vraiment non. Elle a dû vivre cachée comme un

ermite parmi les simples mortels. Tel était son châtiment. Certains disent l'avoir vu lors de la grande révolte, mais sans grande certitude. Pourquoi ?

– Son châtiment aurait dû être bien pire. Elle a tué des sorciers.

– Oh à cette époque, nombreux sont ceux qui s'entretuaient. Et ils n'ont jamais été punis.

– Pardon ? Tu veux dire que tu la comprends ?

– Je n'ai jamais dit ça ! Cette jeune fille, car elle n'avait même pas vingt ans, était amoureuse. Elle a commis une grave erreur en ne se contrôlant pas et elle en a payé le prix en étant bannie de son clan et en vivant avec les mortels. Voilà ce que j'en dis. Bien sûr, rien n'excuse un massacre.

– Tu aurais fait quoi si tu l'avais eu devant toi ?

Son père se mit à rire :

– Mais c'est quoi toutes ces questions ? Je ne sais pas, fiston ! C'était une autre époque. Aujourd'hui, je suppose qu'il faudrait la conduire devant les Dirigeants pour qu'elle soit jugée.

– Et ses descendants ?

– Les descendants ne sont en rien responsables des actes de leurs ancêtres, n'oublie jamais ça.

– C'est ce que tu dis sans vraiment réfléchir papa. Que ferais-tu si tu avais à présent sa descendante en face de toi ?

– Tu as trouvé une descendante de Musa ?

– C'est juste une question.

– Alors pour répondre à cette question, je dirai que je ne ferai rien.

– Tu lui en voudrais ?

– Certainement, c'est dans la nature de l'homme.
– Merci papa.

La voix de son père prit une tonalité différente :
– Écoute Gabriel, je suis vieux, mais pas stupide. Tu ne m'appelles jamais, encore moins pour me poser des questions sans intérêt. Donc j'imagine que tu as trouvé une descendante de la sorcière. Je trouve cela incroyable et je me demande comment cela est possible. Mais passons… ce qui m'importe c'est toi. Je ne sais pas ce que tu comptes faire, mais sois prudent. La haine n'a jamais mené nulle part, je sais de quoi je parle.

Son père avait mal interprété ses propos. Il pensait que Gabriel voulait se venger. Cela aurait été normal, après tout. C'était peut-être la réaction qu'il aurait dû avoir.
– Ne t'inquiète pas. À bientôt, papa.

Il raccrocha, se sentant encore plus perdu et désemparé qu'avant cet appel.

18

Musa, hiver 1507

La jeune sorcière avait passé la nuit dans une vieille chaumière délabrée. Le propriétaire l'avait laissée occuper le lit de son fils aîné parti pour plusieurs mois. Il lui avait demandé quelques francs en échange du gîte et du couvert. Une fois reposée et repue, Musa remercia le paysan et poursuivit sa route. Le village qu'elle cherchait à atteindre n'était plus qu'à quelques heures de marche.

Elle traversa des champs, passa devant de nombreuses fermes, dont une qui lui semblait inhabitée. Elle décida qu'elle pourrait s'y reposer un peu. Assise dans le foin, elle attrapa sa gourde de cuir pour y boire au goulot et désinfecter sa plaie. Elle regarda le tissu rougeâtre qui entourait sa main gauche. Quelques jours plus tôt, Musa s'était entaillé la main avec un couteau afin de réaliser un sort de localisation. Grâce à cela, elle savait parfaitement vers où se diriger. Et elle était presque arrivée à destination.

Ses cheveux roux, attachés en un chignon et camouflés sous une coiffe, lui avaient permis de passer inaperçue et de voyager sans embûches.

La sorcière reprit la route rapidement, préférant ne pas rester trop longtemps au même endroit. De plus, en pressant le pas, elle serait arrivée avant la tombée de la nuit.

Musa gravit sans mal un des versants de la vallée. En atteignant le sommet, elle put apercevoir le village en contrebas.

Elle dévala la pente à la hâte et se laissa guider par le sortilège qui la mena directement à celui qu'elle recherchait. Elle était passée devant une église et de nombreuses chaumières pour arriver dans un lieu plus reculé. Une petite maison à toit de chaume se dressait devant elle. Elle semblait déserte. Soudain, un homme sortit de l'ombre, l'air menaçant et un bâton à la main.

Il vociféra, l'air menaçant :

– Qu'est-ce qu'elle fait là, la petite dame ?

À ne pas en douter, il s'agissait d'un sorcier. Mais son aura n'inquiétait en rien Musa. Son pouvoir était bien supérieur au sien et en un instant, elle pouvait enflammer son arme, voire son corps entier. Mais ce n'était pas ce qu'elle voulait.

Avec assurance, elle s'avança vers lui pour lui répondre :

– Je viens voir Richard.

– Richard ? Je ne connais pas de Richard.

La jeune femme continua d'avancer d'un pas sûr vers la maisonnette. Le sorcier se jeta devant elle pour lui barrer le chemin. À ce moment-là, l'inconnu dut sentir la puissance de la jeune sorcière, car il recula d'un pas, tremblant.

Musa éleva la voix pour se faire entendre :

– Richard c'est moi, Musa.

Quelques secondes à peine s'écoulèrent lorsque la porte de la chaumière s'ouvrit. Un jeune homme à peine plus jeune qu'elle passa la tête dans l'entrebâillement.

– Musa ?

Cette dernière leva sa capuche, détacha son chignon et laissa apparaître sa longue chevelure rousse.

La reconnaissant, le garçon sourit et se retrouva dans ses bras en un éclair.

À la faible lueur de la bougie, la sorcière tentait en vain de retrouver dans ces traits durs une trace du petit garçon qu'elle avait connu.

Les larmes aux yeux, elle ne put s'empêcher d'implorer son pardon :

– Je suis désolée. Tout est de ma faute...

– Non, Musa je t'interdis de dire ça ! Tu n'es pas responsible! Les Dirigeants ont tué notre famille, pas toi !

– Mais si je n'avais pas mis le feu à ces hommes... je m'en veux terriblement. Je ne voulais pas...

– Tu l'as fait pour protéger celui que tu aimes. Tu as paniqué. N'en parlons plus, promets-le-moi.

Musa promit et le serra de nouveau dans ses bras.

Le jeune Richard reprit :

– La vengeance, c'est tout ce qu'il nous reste.

– Nous l'aurons ! Un jour, les Dirigeants paieront pour leurs actes cruels.

Assis près de l'âtre, Musa raconta à son cousin les événements des deux dernières années : son amour pour Alaric et sa fille Jehanne. Le terrible choix qu'elle avait dû faire et le sortilège qu'elle avait lancé pour les protéger. Elle lui expliqua comment elle avait su pour lui : partout dans la région on parlait de lui, sa popularité grandissait et beaucoup voulaient s'allier à lui pour combattre les Dirigeants. Il devait rester caché et être prudent.

Durant toute la nuit, ils échangèrent sur leurs projets et leur volonté commune de mener une révolte. À deux, ils seraient désormais encore plus forts.

19

Paris, été 2019

Au petit matin, Zoé se réveilla, une boule d'angoisse nichée au creux de sa gorge. Elle n'avait pas fermé l'œil de la nuit et ne pouvait s'empêcher de penser à Gabriel. Que faisait-il ? Pensait-il à elle ? Il fallait qu'elle se change les idées, qu'elle s'occupe l'esprit. Elle espérait que Lisa la contacte, ce qui lui permettrait de réfléchir à autre chose qu'à son amour perdu. Zoé n'attendit pas longtemps. Cinq jours plus tard, alors qu'elle revenait du supermarché, elle trouva une lettre qui avait été glissée sous la porte. Excitée à l'idée de découvrir son contenu, la sorcière l'ouvrit à la hâte et se mit à la lire :

"Bonjour Zoé,
Nous vous donnons rendez-vous ce soir à dix-huit heures, là où tout a commencé. EDR"

Là où tout a commencé...

Pourquoi tant de mystère ? Ne pouvaient-ils pas être plus clairs et simplement lui donner le lieu de rencontre. Peut-être avaient-ils peur que le courrier soit intercepté par une autre personne que Zoé. Elle réfléchissait à voix haute, se remémorant les derniers événements. Il ne pouvait s'agir que de l'arbre du parc où Gabe et elle étaient allés.

À l'évocation de ce souvenir, son cœur se serra.
Un autre point avait surpris la jeune sorcière. Elle s'attendait à voir le nom de Lisa en fin de courrier et non le sigle mystérieux d'EDR. À quoi cela pouvait-il bien correspondre?

Zoé finit de ranger ses courses dans les placards et regarda l'horloge vintage qui avait appartenu à sa mère. Celle-ci indiquait dix-sept heures trente. Il était temps d'y aller. Elle attrapa sa veste en cuir, son portefeuille pour pouvoir régler le taxi qui l'attendait en bas et dévala les marches quatre par quatre.

Elle traversa le parc à grandes enjambées espérant au fond d'elle que tout se passerait bien. Elle connaissait Lisa, mais elle ne savait pas si c'était elle qui serait présente au rendez-vous. Elle arriva devant l'arbre, mais personne ne s'y trouvait. Sa montre indiquait dix-huit heures pile. Un homme en jean et portant des lunettes semblait la dévisager. Peut-être était-ce son contact ? En le voyant continuer sa route, Zoé comprit que non. Alors qu'elle était occupée à observer les alentours, une main se posa sur elle et la fit sursauter.

– Lisa, vous m'avez fait peur.

– Désolé. Ce n'était pas le but. Comment allez-vous Zoé ?

– Bien.

Elle n'allait tout de même pas s'épancher devant une inconnue.

Mais Lisa la surprit en rajoutant :

– J'ai appris pour votre rupture avec Gabriel.

– Comment... Vous me faites suivre c'est ça ?

Lisa opina de la tête :

– Bien sûr ! nous devons nous assurer de votre loyauté. C'est d'ailleurs la raison de ce rendez-vous.

– C'est-à-dire ? Vous voulez me mettre à l'épreuve ?

– Vous êtes vive d'esprit et j'aime ça. Nous avons une mission pour vous.

– Je vous écoute.

– Demain, les deux principaux Dirigeants recevront un haut responsable de la communauté de sorciers de Madrid. On a peur qu'ils fomentent quelque chose et on doit savoir ce qu'ils vont se dire.

– Vous êtes une Dirigeante !

Vous êtes la mieux placée pour découvrir cela, bien mieux que moi!

– Justement, je serai avec vous Zoé. Nous prétexterons une demande de rendez-vous de votre part, vous leur direz que vous êtes prête à vous vouer à leur cause et vous resterez cachée dans le bureau d'à côté. Je vous y ferai rentrer. Je ne peux le faire moi-même, car ils m'ont demandé de me rendre chez un notable de la ville. Un sorcier, bien évidemment. Je dois y aller pour signer des documents concernant l'achat d'un immeuble, un acte sans importance.

— Ont-ils des doutes sur vous ? Ils cherchent peut-être à vous éloigner ?

Lisa sourit, mais son visage laissait paraître de l'inquiétude.

— C'est possible. Ou pas. Je reste sur mes gardes. Soyez sur les vôtres. Écoutez tout ce que vous pourrez et partez avant la fin du rendez-vous. Un gardien à l'accueil vous fera passer les portes discrètement et un taxi vous attendra en bas.

— D'accord, à quelle heure demain ?

— Je passerai vous prendre à dix heures.

Après un bref salut de la main, les deux femmes se séparèrent.

Sur le chemin du retour, la jeune femme ne put s'empêcher de penser à ce que dirait Gabriel. Il trouverait cela trop dangereux et lui demanderait d'annuler. Il lui proposerait peut-être même de le faire à sa place, pour la protéger. Enfin, avant. Elle chassa ses idées noires en secouant la tête. Elle devait se concentrer sur sa mission à venir. Elle ne pouvait pas se permettre de les décevoir. Si elle échouait, jamais plus ils ne lui feraient confiance. Elle allait leur prouver qu'elle était capable de travailler à leur côté et qu'elle souhaitait, comme eux, un changement radical au sein du clan. Zoé l'avait dit, elle n'accepterait pas de faire partie de cette communauté si ces Dirigeants restaient au pouvoir. Et aujourd'hui plus que jamais, elle avait besoin de trouver sa place, étant donné que Gabriel n'était plus à ses côtés.

Cela faisait bientôt une semaine que Gabriel n'avait pas vu Zoé. Il devait se l'avouer, elle lui manquait énormément. Il sentait son odeur dans les draps, il voyait son visage partout et il ne cessait de l'imaginer franchir la porte en souriant. Il croyait devenir fou. Il ne pouvait s'empêcher de penser à elle et il se demandait constamment s'il avait fait le bon choix. Était-ce réellement un choix ? Il se sentait obligé d'agir ainsi, il était comme un animal pris au piège : sans solution, coincé et désespéré.

Niko, déboulant dans le salon telle une tempête, comme toujours, s'adressa à lui :

— Je suis sûr que tu n'as rien mangé, donc je t'ai cuisiné un petit repas.

Gabriel arqua un sourcil et regarda son ami qui faisait mine de rien.

— Avoue : c'est ta mère qui a cuisiné !

— Ouais, elle te passe le bonjour ! Elle dit que tu ne dois pas te laisser aller blablabla…, ah, et elle t'a même fait des gâteaux de riz.

La mère de Niko était née en Chine et avait émigrée en France lorsqu'elle était jeune. Elle avait épousé un sorcier d'ici et avait par la suite intégré la communauté.

Elle avait toujours pris soin de Gabriel, jouant parfois le rôle de mère.

— Tu la remercieras.

Ils déballèrent le repas sur la table du salon : des nouilles aux champignons, des nems et des rouleaux de printemps. Ils mangèrent sans parler, savourant chaque bouchée.

Niko attrapa le paquet de sans filtre posé sur la table et l'agita devant son ami :

– Je vais fumer, tu viens ?

En se levant, Gabriel attrapa plusieurs bières dans le frigo.

Une fois dehors, l'Érudit scruta son ami du regard et l'interrogea :

– Tu vas mal, mon vieux. Tu regrettes ton choix ?

– Je ne crois pas avoir le choix, c'est ça le problème.

– On a toujours le choix.

Gabriel secoua la tête :

– Ça, c'est des conneries qu'on raconte… Comment tu veux que je reste avec la femme dont l'ancêtre a décimé tout mon clan ?

– De toute façon, tu ne comptes pas en parler, donc qui le saura ?

– Moi, et c'est suffisant !

– Si tu le dis…

Niko sortit une cigarette du paquet, l'alluma et la porta à ses lèvres.

Avant de s'appuyer contre la rambarde, il releva les manches de sa chemise, laissant apparaître ses tatouages. Le premier, imposant, s'étalait tout le long de son avant-bras droit et représentait un dragon oriental. Ses écailles dorées contrastaient avec le rouge vif de sa crête. Il symbolisait la puissance et le talent. Le deuxième tatouage était plus discret et se lovait à l'intérieur de son poignet gauche : deux couteaux chinois entrecroisés. Niko avait lui-même dessiné ses tatouages. Ils faisaient partie intégrante de lui et étaient liés à sa magie. Ils ne ressemblaient en rien à ceux qui remplissaient entièrement le bras de Gabriel : modernes et artistiques, tous en noir et blanc.

Ce dernier leva une bière dans sa direction avant de boire au goulot.

Moins d'une heure plus tard, de nombreuses canettes jonchaient le sol de la terrasse. Assis par terre, les deux amis discutaient de tout et de rien, riant et essayant de passer un bon moment en laissant les ombres derrière eux, jusqu'à ce que Gabriel redevienne sérieux un instant :

– J'ai eu mon père dans la semaine au téléphone. En y repensant, il y a un truc qu'il m'a dit que je trouve étrange. Niko le regarda l'air interrogateur. Son ami poursuivit :

– Il m'a dit qu'il ne fallait pas se laisser emporter par la haine.

– C'est plutôt sage comme parole.

– Non, c'est ce qu'il a rajouté qui m'a paru bizarre. Il a dit « crois-moi, je sais de quoi je parle ».

– Mouais, aucune idée, tu n'auras qu'à lui poser la question, c'est le plus simple.

Gabriel resta songeur pendant quelques minutes. Un peu éméché, il se remit à parler de Zoé.

– Je me demande ce qu'elle fait…

– Tu ne m'as pas dit comment elle avait réagi quand elle a su que Musa était son ancêtre.

– Elle n'a pas vraiment eu de réaction. Ce qu'elle

voulait surtout c'était comprendre pourquoi elle avait vécu parmi les hommes sans connaître la vérité.

– C'est logique.

– J'aurais préféré ne jamais savoir. Ma vision ne l'a même pas vraiment aidée, cela n'a fait que nous séparer.

– Non, elle sait qui elle est maintenant. Elle le mérite. C'est une fille bien.

– Bordel, elle me manque…

– Tu connais ce proverbe chinois : *une ivresse chasse mille tristesses* ! Alors, bois !

Gabriel éclata d'un rire franc. Son ami avait vraiment un don pour lui remonter le moral.

– T'en aurais pas une plus poétique ?

– Ah, mais si ! Il suffit de demander. Mais promets-moi de ne pas verser de larmes, je ne le supporterai pas !

En secouant la tête, Gabriel leva une main pour jurer. Alors Niko s'éclaircit la voix pour clamer :

-Si le destin souhaite votre rencontre, vous vous retrouverez. Fussiez-vous séparés par des milliers de lieues. Mais si le destin s'oppose à la rencontre, vous aurez beau être là, face à face, vous resterez étrangers l'un à l'autre.

Gabriel croisa les doigts espérant que le destin puisse à nouveau mettre Zoé sur sa route. Ne serait-ce que pour pouvoir à nouveau, se perdre dans ses yeux.

20

Musa, an 1508

Assise sur le rebord de la fenêtre, les yeux fixés dans le vide, Musa ne pouvait s'empêcher de songer à Alaric et à sa fille. Plus les mois passaient, plus sa douleur s'accentuait et le trou dans son cœur, celui causé par leur absence, ne cessait de s'accroître jour après jour. Qui a dit que le temps atténuait la douleur ? Il ne permet pas d'oublier, mais juste de s'habituer. Son seul réconfort était celui de savoir que, grâce à son départ, ils avaient désormais un avenir.

Elle sentit la présence de Richard derrière elle et se tourna pour lui faire face. Il la regarda tendrement avant de commencer à parler :

– Ce soir. Au coucher du soleil.

– Très bien. Nous sommes prêts.

– Je ne sais pas... j'ai parfois le sentiment que nous allons droit au massacre. Ai-je tort Musa, de les mener au combat ?

Voyant la détresse dans son regard, Musa se rapprocha de lui et prit ses mains dans les siennes avant de lui dire d'une voix sûre et réconfortante :

– Dois-tu en porter la responsabilité ? Ils sont tous là par choix, ils ont tous un grief contre les Dirigeants et ne veulent plus vivre ainsi et souhaitent mieux pour eux ou leurs enfants.

– Les enfants...

Un voile de tristesse passa devant ses yeux.

– Ce n'est pas ainsi que je voyais la vie Musa. J'ai toujours aimé les enfants et je me dis que je n'en aurai sans doute jamais. Je voulais leur transmettre tant de choses...

– Mais tu es encore jeune tu pourras...

Richard lui coupa la parole :

– Musa, je t'en prie, tu sais bien que nous risquons notre vie chaque jour.

Il avait raison. Ils vivaient cachés, dans la crainte d'être trahis et repérés par les Dirigeants. Or, ils le faisaient par choix, par conviction. C'était leur mission ici-bas. Changer les choses.

La voix d'une amie de Richard les fit sursauter. Elle se tenait debout devant la porte d'entrée. Elle était là depuis quelques minutes et elle avait tout entendu.

– Pardon de vous interrompre et de m'immiscer dans

votre conversation.

La jeune fille, Marie, une petite brune un peu potelée, qui ne devait pas avoir plus de quinze ans, se racla la gorge avant de poursuivre. Elle semblait un peu gênée, mais déclara :

– Ta cousine a raison. Nous sommes là de notre fait. Si mes parents n'avaient pas été assassinés par les Dirigeants, je n'aurais jamais rejoint le groupe. Mais grâce à toi, j'ai de nouveau une famille. Et nous sommes très nombreux dans le même cas. Alors tu vois Richard, nous sommes un peu tous tes enfants. Même les plus vieux, ils sont là pour une raison personnelle, mais tous te respectent et te suivent. Nous allons peut-être à une mort certaine, mais nous y allons par choix ! Et l'espoir dirige nos pas ! L'espoir de voir un jour les Dirigeants tomber. L'espoir de voir un monde plus juste.

Ému par les propos de Marie, le jeune homme la remercia timidement puis quitta la pièce à la hâte.

En tête à tête, les deux femmes se mirent à parler du plan de la soirée. Ce soir, ils seraient une cinquantaine. Ils avaient décidé de se regrouper pour finaliser leur coup d'État. D'ici quelques jours, ils attaqueraient les Dirigeants. Ils ne seraient qu'une dizaine et les Rebelles pensaient pouvoir avoir le dessus. Ils leur laisseraient le choix : la mort ou la reddition. Leur but était de prendre le pouvoir et de mettre des personnes honnêtes et justes à leur place. Ils souhaitaient des règles plus souples et des sanctions plus légères. Ils souhaitaient par-dessus tout, la possibilité de donner à tous le droit de se défendre. La tyrannie imposée par les Dirigeants devait prendre fin.

Marie ne cacha pas son inquiétude :

– On parle de cela depuis si longtemps. Tu sais, j'étais une des premières à rejoindre Richard. Nous étions si peu au départ. Maintenant que nous sommes presque une centaine, on pourrait penser que c'est gagné d'avance. Sauf que la plupart d'entre nous n'avons que peu de pouvoirs, juste nos armes. A-t-on au moins une chance ?

Musa tenta de la rassurer :

– Mais nous sommes aussi une petite poignée à avoir de puissants pouvoirs. Alors oui, nous avons une chance. Petite certes, mais nous en avons une.

– Même si nous perdons, peut-être que les autres comprendront le message : ils peuvent se battre, ils ne sont plus seuls désormais.

Même si Musa hochait la tête, elle ne pouvait s'empêcher de penser qu'en cas d'échec, le seul message que les autres comprendraient serait celui de leur impuissance face aux Dirigeants. Et la perte de l'espoir. Elle lui dit pourtant :

– Nous représentons l'espoir Marie, comme tu l'as dit. Alors nous devons en avoir nous aussi.

Marie souriait d'un drôle d'air, celui que peut arborer une enfant qui vient d'avoir une idée :

– Richard cherchait un nom pour notre clan, et si on l'appelait Espoir ?

C'était puéril, mais mignon. Musa acquiesça :

– Espoir, cela me paraît parfait.

21

Paris, été 2019

La nuit avait été courte et agitée. Même si elle souhaitait plus que tout participer à cette action, Zoé se sentait très anxieuse. Non pas à l'idée de devoir affronter les Dirigeants, mais à celle de décevoir les Rebelles. Elle se tenait devant la fenêtre depuis plus de trente minutes, lorsqu'elle aperçut Lisa qui sortait d'une berline noire, garée à l'angle de sa rue.

Zoé se précipita à l'extérieur pour la rejoindre. La jeune femme la salua discrètement et l'invita à monter dans la voiture. Durant le trajet, elle lui rappela brièvement la marche à suivre.

Même si elle était nerveuse, Zoé n'en laissa rien paraître.

Lorsque le véhicule se gara devant le bâtiment officiel

des Dirigeants, Lisa la regarda avec un sourire, juste avant de lui lancer :

– Prête ?

Zoé se contenta de hocher la tête et elle suivit la Dirigeante à l'intérieur de l'édifice.

Lisa était connue et personne n'osa la regarder. Pas même le garde posté devant l'ascenseur. Une fois les portes fermées, Zoé ne put se retenir de la taquiner :

– Vous êtes une vraie terreur ou quoi ?

– Pardon ?

– Tout le monde semble assez impressionné par votre présence.

La jeune femme laissa apparaître son étonnement :

– J'avoue ne jamais avoir fait attention… Je suis plutôt haut placée et la plupart ici me respectent.

– J'aurai dit vous craignent. Comme tous les autres Dirigeants.

– La nuance est minime.

– Je ne trouve pas, non… Le respect est donné librement et souvent par admiration. La crainte est en lien avec la peur.

Lisa balaya ses propos d'un geste de la main.

– Qu'ils me craignent alors. Ils ont raison. Je ne suis pas leur amie.

Elle n'était surtout pas de leur côté.

Les portes de l'ascenseur s'ouvrirent sur le dernier étage et Zoé suivit Lisa jusqu'au bureau d'Allan. L'idée de revoir cet abject personnage lui donnait la chair de poule.

Mais elle se sentait prête. Lorsque la porte s'ouvrit, Allan, confortablement assis sur son fauteuil, adressa à Zoé un sourire carnassier.

Il lui montra la chaise face à son bureau et l'invita à s'asseoir. Il débita presque théâtralement :

— La jolie Zoé Keller ! Votre venue m'honore. J'ai été très surpris d'apprendre que vous souhaitiez me voir, je ne m'y attendais plus. Mais j'imagine que notre ami Gabriel y est pour quelque chose.

Cet homme était détestable. Lisa referma la porte et s'assit près de Zoé.

— Un verre de whisky ou de gin ?

Poliment, Zoé déclina son offre.

— Alors Mlle Keller, vous avez donc pris votre décision !

La jeune sorcière aurait voulu lui répondre que jamais elle ne s'allierait à un homme aussi écœurant.
Il la regardait avec avidité, laissant son regard traîner sur son corps. Prenant sur elle, Zoé lui sourit et lui répondit :

— Tout à fait. J'ai décidé de vous rejoindre.

Allan se redressa sur sa chaise, les mains croisées :

— Vous avez pris la bonne décision. Gabriel a dû vous expliquer ce qu'il arrive aux sorciers qui ne se joignent pas à nous. Ils se retrouvent seuls, perdus…

Quel comédien. Zoé savait parfaitement ce qu'ils leur arrivaient. Elle savait qu'ils étaient exclus, contraints de se cacher par la faute de ces Dirigeants.

Il rajouta sur un ton mielleux :

— Nous avons toujours besoin de sorciers comme vous,

du clan des Guerriers, possédant le pouvoir du feu.

Zoé se souvenait de ce que lui avait dit Gabriel. Elle ne devait rien dire sur son incapacité à maîtriser ses pouvoirs. Elle avait hâte de terminer cette entrevue et de sortir de ce bureau.

– Merci, je suis flattée. Je suis désolée, mais mes occupations personnelles m'obligent à écourter l'entretien. Une prochaine fois peut-être.

Le visage du Dirigeant se ferma. Il passa la langue sur ses lèvres et se racla la gorge avant de répondre :

– Bien sûr, je comprends.

Il se tourna vers Lisa et lui demanda :

– Tu n'as pas un rendez-vous de prévu ?

– En effet. Mais…

Sans lui laisser le temps de répondre, il rajouta :

– Tu devrais y aller pour éviter tout retard.

Pour ne pas éveiller les soupçons, Lisa s'exécuta sans rien dire. Elle salua Zoé, puis Allan avant de sortir.

Son départ avant la fin de l'entretien n'était pas prévu. Elle devait mettre Zoé dans le bureau annexe avant de partir. Mais plus que son départ, c'est le fait de se retrouver seule avec cet homme qui inquiétait Zoé.

Allan se leva et fit le tour du bureau pour se mettre près d'elle.

Mal à l'aise, Zoé senti la tension monter.

– Maintenant que nous sommes seuls, je peux me permettre de vous avouer que je vous trouve ravissante.

Zoé n'en croyait pas ses oreilles. Il n'était pas sérieux !

C'est pour cette raison qu'il avait fait sortir sa collègue ? Comment osait-il la draguer alors qu'il la croyait toujours avec Gabriel !

Au fond d'elle, Zoé n'en menait pas large, mais il était hors de question de se laisser intimider par cet homme.

– J'apprécie le compliment, mais comme je vous ai dit plus tôt, ma vie personnelle m'appelle et Gabriel n'aime pas trop attendre.

Il tiqua au nom de Gabriel.

– Un sacré veinard. J'espère qu'il réalise la chance qu'il a…

Il s'approcha plus près encore de Zoé et fit glisser son index le long de sa joue.

Il lui souffla presque au visage :

– Si vous changez d'avis, vous savez où me trouver.

Dans d'autres circonstances, la sorcière l'aurait giflé. Mais elle ne pouvait saboter la mission. Elle se leva, le regarda droit dans les yeux :

– Je tâcherai de m'en souvenir, mais Gabriel Larch répond à toutes mes exigences. Merci de m'avoir reçue.

Sans attendre, elle quitta la pièce. Elle s'appuya quelques secondes contre la porte pour retrouver ses esprits. Très vite, elle se ressaisit. Elle ferait payer cette audace à Allan une prochaine fois. Elle balaya du regard l'étage : Lisa n'y était pas. Le couloir était désert. Zoé avança vers la pièce d'à côté et posa la main sur la poignée, prête à l'ouvrir. Si quelqu'un s'y trouvait, elle pourrait toujours prétendre s'être trompée.

La main de Zoé tremblait légèrement. Elle inspira un grand coup avant d'appuyer sur la poignée et d'ouvrir la porte.

Personne.

La pièce était plongée dans l'obscurité. Zoé jeta un dernier regard vers les couloirs puis se précipita à l'intérieur de ce qui devait être un bureau. Elle savait que le rendez-vous d'Allan et du Dirigeant étranger devait avoir lieu à onze heures. Elle regarda sa montre : il lui restait moins de vingt minutes à attendre. Elle s'approcha de la cloison et tenta de percevoir les bruits de la pièce à côté. La voix d'Allan résonnait, mais elle avait du mal à saisir toutes les paroles. Il était apparemment au téléphone. Zoé comprit que pour en entendre davantage elle devrait coller son oreille contre le mur. Le bruit de l'ascenseur la fit sursauter. Elle entendait le bruit des pas se rapprocher et une personne cogner à la porte voisine. Zoé n'attendit pas une seconde et plaqua son oreille à la cloison. Dans cette position, c'était presque comme si elle était dans la pièce avec eux. Après les salutations et échanges de banalités en vigueur, Allan demanda à l'autre sorcier de signer les documents. À cet instant, Zoé aurait tout donné pour voir à travers les murs. Elle se demandait si un sorcier avait ce pouvoir. Elle l'entendit dire les mêmes mots qu'il lui avait dits quelques minutes plus tôt : « vous faites le bon choix ». Le Dirigeant étranger et ceux de la France avaient-ils décidé de s'allier contre les Rebelles ? Ils semblaient échanger des banalités et aucun autre élément n'intéressa la jeune femme. Zoé attendit que le sorcier quitte le bureau avant de sortir à son tour. Elle se précipita vers la porte d'entrée du bâtiment et retrouva comme convenu le garde qui la fit sortir discrètement. Un taxi l'attendait devant. Une fois assise à l'arrière du véhicule, Zoé sentit les muscles de son corps se relâcher. Elle l'avait fait ! Elle n'était pas sûre du réel intérêt de cette mission, mais c'était peut-être justement pour cela qu'ils l'avaient confiée à une nouvelle recrue. À peine arrivée chez elle, la sonnerie de son téléphone retentit. C'était Lisa qui venait aux nouvelles.

— Allô ?

— Désolé de ne pas être restée comme prévu Zoé.

— Oh, aucun problème. J'ai tout de même réussi à écouter la conversation d'Allan.

— Je n'ai jamais douté de vous.

Après un instant de silence, Zoé demanda :

— Vous ne voulez pas savoir ce qu'ils se sont dit ?

— Bien sûr !

— Vous le savez déjà, n'est-ce pas ?

— Zoé, on ne peut rien vous cacher. Nous nous doutons de ce qu'il se trame. Nous suspectons Allan de vouloir s'allier aux autres Dirigeants depuis un moment. Pour l'instant, rien n'est encore fait.

— C'est bien le cas.

— Cette confirmation va nous pousser à agir plus vite. Vous avez passé le test avec succès Zoé. Rejoignez-nous ce soir, dix-neuf heures, au même endroit que d'habitude.

Quinze minutes avant l'heure du rendez-vous, Zoé se hâta en direction du parc. C'est à nouveau Lisa qui était là. Elles montèrent dans la berline noire de la Rebelle, mais avant de démarrer, cette dernière banda les yeux de Zoé.

– Par simple précaution. Croyez-moi, Zoé, j'ai confiance en vous, mais les autres ont encore besoin d'un peu de temps.

La jeune sorcière ne répondit pas, elle comprenait parfaitement. Les autres… elle allait enfin pouvoir les rencontrer. Elle ne se l'expliquait pas, mais si au départ elle s'était sentie perdue en découvrant cet univers, elle se sentait désormais à sa place. D'abord avec Gabriel. Le sentiment d'être liée à cet homme avait été plus intense jour après jour. Ensuite avec les Rebelles : Zoé savait désormais qu'elle était son rôle. Comme une évidence.

Lorsque la voiture s'immobilisa, Lisa retira le bandeau des yeux de Zoé. Pendant quelques secondes, la lumière l'aveugla. Elle regarda tout autour d'elle : des champs s'étendaient à perte de vue. Face à elle, une immense bastide quelque peu délabrée, aux murs blancs et aux volets bleus. En avançant, Zoé remarqua un homme qui se tenait debout juste devant la porte d'entrée. Il devait avoir la cinquantaine, des cheveux grisonnants et un teint hâlé. Il la regarda brièvement avant de lui tendre la main et de lui dire :

– Bienvenue parmi nous Zoé. Nous sommes ravis de vous compter dans nos rangs. Je m'appelle Éric.

Le sorcier l'invita à entrer dans la demeure. Zoé ne put retenir un hoquet de surprise : la salle était bondée. Partout, des hommes et des femmes se tenaient assis sur des chaises ou des canapés. Lorsqu'ils l'aperçurent, tous les regards se braquèrent sur elle et le silence se fit entendre.

Était-elle réellement la bienvenue ?

Gabriel se réveilla en sursaut. Depuis sa séparation avec Zoé, le même cauchemar revenait sans cesse. Il doutait de son choix et son subconscient le lui faisait bien sentir. Une douleur lancinante lui martelait la tête, témoignage de la soirée bien arrosée de la veille avec son meilleur ami. Trop de pensées obscurcissaient son esprit. D'abord Zoé, puis les paroles de son père qui le hantaient. Il devait agir au plus vite, sa santé mentale était en jeu. Il sentait que son père ne lui avait pas tout dit. Pour la deuxième fois cette semaine, il composa son numéro.

– Que se passe-t-il fiston ? Tes appels rapprochés commencent à m'inquiéter !

– J'ai besoin de comprendre, pourquoi as-tu dit que la haine ne menait nulle part ?

– Gabriel… je… écoute, on ne peut pas parler de cela au téléphone. Viens me voir ce soir, à la maison.

Gabriel raccrocha et se rua sous la douche. Il n'était que midi, mais il avait hâte de voir son père. Quand la sonnerie du téléphone retentit, il sortit de la douche pour prendre l'appel. La voix de Niko emplit le combiné :

— Je viens d'avoir Allan, cet abruti m'a réveillé, on ne peut même plus rêver tranquille !

— Qu'est-ce qu'il veut ?

— Aucune idée, il m'a juste demandé de te prévenir. On doit y être cet après-midi à quatorze heures.

— J'y serai.

— Je passe te prendre ?

— Non, je dois aller voir mon père après.

— Tu t'es décidé à lui poser la question qui te taraude ?

— Ouais, tu as raison, inutile de tergiverser. Pour le savoir, il me suffit de lui demander. Bizarrement, il n'a pas voulu m'en parler au téléphone.

— Tu seras vite fixé ! Je te laisse, je dois aller avaler un antidouleur, je crois que j'ai perdu l'habitude de boire...

— C'est ça, oui, il me semble que tu étais pas mal alcoolisé le weekend dernier !

— C'est ce que je disais, une fois par semaine ça ne suffit pas pour garder le rythme !

Gabriel sourit à la blague de son ami puis raccrocha. Il se demandait ce qu'Allan comptait leur dire. Avait-il contacté tous les sorciers ou serait-il en comité restreint ?

Sur le chemin, Gabriel pensa encore à Zoé. Il savait qu'il ne la verrait pas à la réunion des Dirigeants et il se demandait constamment si elle avait repris contact avec les Rebelles. L'imaginer en danger lui était insupportable. À cette simple pensée, son cœur se serra.

À peine arrivé, il retrouva Niko qui était en grande discussion avec un des gardes du bâtiment. Lorsqu'il aperçut son ami, il le rejoignit immédiatement :

— J'ai même pas eu le temps de décuver, plaisanta Niko.

— Tu auras les idées claires après cette réunion, c'est sûr. Tu as eu plus d'informations ?

— Aucune. Regarde, Allan est là, on va bientôt en savoir plus.

De loin, le Dirigeant les somma de venir d'un geste de la main. Il se dégageait de lui une autorité certaine, mais ce qui le représentait le mieux était son arrogance. Ils n'étaient pas très nombreux : seule une vingtaine de sorciers étaient présents. Lisa n'était pas de la partie. Allan passa une main dans ses cheveux, resserra son nœud de cravate et s'éclaircit la gorge avant de parler d'une voix forte et directive :

— Très bien, commençons. Comme toujours, je n'irai pas par quatre chemins. Si vous êtes là aujourd'hui, c'est parce que par le passé vous avez fait preuve de loyauté envers le clan. Nous avons confiance en vous et nous souhaitons vous informer des projets à venir. Nous sommes au courant qu'une rébellion va bientôt avoir lieu. Nos sources sont fiables.

Nous préparons une contre-attaque et vous allez nous aider. Est-ce que quelqu'un ici ne se sent pas à la hauteur ? Présenté ainsi, aucun sorcier digne de ce nom n'aurait osé répondre non.

Satisfait, Allan tapa dans les mains pour signifier la fin de l'entrevue et déclara d'une voix forte:

— Bien, je vous recontacte rapidement.

Il se leva et se dirigea d'un pas rapide vers la porte d'entrée, qu'il ouvrit pour laisser sortir tout le monde. Il salua chacun d'entre eux, leur rappelant à quel point leur présence était capitale dans cette lutte. Lorsque Gabriel fut à sa hauteur, Allan lui serra la main avant de lui dire d'un ton hautain :

– J'imagine que c'est vous que je dois remercier pour la venue de notre jolie Zoé Keller.

Gabriel ne voyait pas de quoi il voulait parler. Il joua la carte de la franchise et répondit d'un simple :

– Non.

– Ah, elle s'est donc décidée seule. Une femme indépendante. Belle et indépendante.

Gabriel préféra ne pas répondre. Il le salua rapidement et quitta la pièce au plus vite.

Il espérait avoir réussi à cacher son étonnement. Il ne comprenait plus rien : pourquoi Zoé était-elle allée voir Allan ? Elle avait, selon lui, rejoint le clan, mais pourquoi ? Elle qui était farouchement opposée à cette idée ! Cela sonnait faux.

Niko, qui n'avait rien raté de la scène, lui tapota le dos :

– On va éclaircir tout ça.

– J'y compte bien.

Arrivé à l'extérieur, l'Érudit composa le numéro de son amie. Il tomba directement sur sa messagerie et lui laissa un message lui demandant de le rappeler.

Il tenta en vain de rassurer Gabe. Ce dernier lui demanda de l'appeler dès que Zoé aurait donné de ses nouvelles. En attendant, il devait se rendre chez son père.

Une fois installé au volant de sa voiture, il tapa rageusement du poing sur le tableau de bord et se mit à crier :
— Bordel !

Il se sentait perdu et en colère. Depuis qu'il connaissait Zoé, il avait le sentiment de perdre le contrôle sur sa vie. Il devait mettre son cerveau en pause, au moins le temps du rendez-vous avec son père. Il respira un grand coup pour se calmer puis démarra.

La journée avait été riche en émotion et, Gabriel en était persuadé, c'était loin d'être fini.

22

Hiver 1508

Espoir se réunissait de plus en plus souvent. Les sorciers étaient prêts à passer à l'action. Le temps de l'oppression devait s'achever dès maintenant.

Leur avenir était incertain. Les sorciers les plus puissants détenaient le pouvoir et en faisaient usage de façon révoltante. Face à eux, ils ne pourraient peut-être pas gagner. Mais les Rebelles étaient prêts à y laisser leur vie. Leur cause était juste.

Musa, elle, se disait qu'elle avait déjà tout perdu. Elle devait vivre loin de ceux qu'elle aimait le plus au monde. Et si au départ, elle pensait que cette situation pourrait un jour prendre fin, elle avait vite réalisé que les revoir les mettrait en danger. Seul l'anéantissement des Dirigeants lui permettrait de les retrouver. Et elle ferait tout pour y arriver.

Richard, lui, malgré son jeune âge, se sentait déjà l'âme d'un homme mûr. Toutes ces souffrances endurées, ces pertes, avaient fait de lui celui qu'il était à présent. Et contrairement au nom de son groupe, Richard perdait peu à peu l'espoir. Seraient-ils assez forts pour gagner ? Se pardonnerait-il toutes ces vies sacrifiées ?

La présence de sa cousine l'aidait à tenir debout et à poursuivre le combat. Au fond de lui, Richard était un jeune homme meurtri. Il rêvait d'une vie paisible, d'un foyer, d'une famille... Et tout cela lui était impossible par la faute des Dirigeants. Il avait la haine. Et elle le dévorait de l'intérieur.

Les Rebelles étaient enfin prêts. Ce soir, ils partaient au combat. Ils devaient se réunir au dernier moment afin d'éviter de se faire repérer. Lorsque le clocher de l'église sonnerait l'Angélus, tous devraient se retrouver devant la demeure des Dirigeants. Ces derniers seraient une dizaine ainsi que plusieurs gardes en faction. Ils étaient peu nombreux, mais très puissants. Il était surprenant, voire révoltant, de constater qu'une minorité pouvait faire la pluie et le beau temps de tout un peuple.

La nuit commençait à poindre. Le silence fut brisé par le son des cloches donnant à l'instant, une impression de sacralisation. Les Rebelles avançaient telles des ombres, tête baissée et recouverts en intégralité par leur longue cape noire. Pratiquement arrivés devant la demeure, Musa et Richard, en tête du cortège firent un arrêt. Ils se fixèrent un instant puis

Musa hocha la tête :

– Nous sommes prêts.

Richard se tourna vers le groupe de Rebelles et leva le poing en hurlant :

– Pour la liberté !

À ce mot, tous se ruèrent à l'intérieur de la maison des Dirigeants pour attaquer. Ils savaient que les chefs des sorciers ne capituleraient pas sans se battre. Ils savaient qu'ils devraient se servir de leurs armes à défaut de leur pouvoir. Les plus puissants d'entre eux s'étaient répartis à travers le groupe, mais Musa et Richard, eux, étaient en tête.

Grâce à l'effet de surprise, ils firent tomber les gardes en un rien de temps. Deux des Dirigeants, ceux positionnés à l'entrée de la salle, furent également vaincus rapidement. Désormais, la cinquantaine de Rebelles encerclait l'ennemi, visiblement stupéfait. Richard profita de cet instant pour déclamer :

– Rendez-vous et aucun mal ne vous sera fait !

Richard n'y croyait pas. Et il avait raison.

Un des chefs, un grand brun à la peau tannée, se mit à rire et les autres l'imitèrent. Ce dernier s'avança d'un pas et vociféra avec dédain :

– Mais que croyez-vous pouvoir faire contre nous ? Vous êtes insignifiants, vous êtes des fourmis et nous vous aurons écrasés en un instant. Vous pouvez faire vos prières, c'est l'heure.

Les Rebelles se jetèrent sur eux, armés de leurs dagues

et de leurs gourdins. Contrôlés par les sorciers, plusieurs d'entre eux s'immobilisèrent comme statufiés, d'autres se retournèrent contre leurs frères d'armes. Le contrôle mental était une arme puissante.

Musa s'approcha et, d'un geste de la main, réduisit en cendres les trois sorciers qui lui faisaient front. Malheureusement, le grand brun qui avait parlé la minute d'avant croisa son regard. D'abord surpris puis inquiet, il se ressaisit immédiatement et attaqua Musa. Elle était désormais incapable de bouger ou de parler.

Il s'avança vers elle et la saisit par la gorge avant de lui cracher au visage :

– Je n'aurai pas cru possible que des sorciers du clan des Guerriers puissent se joindre à ces chiens !

Elle aurait aimé lui répondre et lui dire que les chiens ici, c'étaient eux, les Dirigeants. Mais aucun son ne sortait de sa bouche. Musa regarda autour d'elle : la situation était critique. Il ne restait plus que quatre Dirigeants, mais beaucoup de Rebelles avaient péri.

Elle n'était pas sûre qu'ils puissent s'en sortir vivants.

23

Paris, été 2019

Dans la voiture qui le menait chez son père, Gabriel jurait à voix haute. Quand la sonnerie de son portable retentit, il pria pour voir apparaître le nom de Zoé, mais il savait que c'était impossible. Il l'avait repoussée. Et face à son inquiétude grandissante, il savait maintenant que c'était une erreur. Il ne pourrait éternellement aller contre son cœur. Il allait déjà régler l'histoire avec son père puis il verrait pour arranger la situation avec elle.

Il appuya sur le bouton du haut-parleur et la voix de Niko emplit l'habitacle.

– Avant que tu t'excites, non, elle ne m'a pas rappelé, mais une idée m'est venue…

Gabriel le pressa :

— Et bien, parle ! Dis-moi !

— Pas au téléphone. Je crois que Zoé est peut-être en danger.

— Je te rejoins chez toi dès que possible.

Il raccrocha et recomposa dans la foulée le numéro de la jeune sorcière. Il n'en avait plus rien à faire des ancêtres de Zoé. Tout ce qu'il voulait c'était la savoir en sécurité.

Comme pour Niko, l'appel fut dirigé automatiquement vers le répondeur.

Devant la porte de son père, le jeune sorcier hésita avant de toquer. Il redoutait la discussion. Il avait parlé de vengeance. À quoi faisait-il allusion ?

Il n'eut pas le temps de réagir que la porte s'ouvrit, laissant apparaître son père, le regard fixe et la mine défaite.

— Je t'attendais. Entre, fiston.
— Que se passe-t-il ?
— Rien. Tu es venu pour connaître la vérité alors je vais te la dire. Je crois que je te la dois. Je savais bien que ce jour arriverait et j'ai toujours eu peur de ce moment.

Gabriel ne comprenait rien.

— Mais de quoi parles-tu ?

Le vieux sorcier attrapa une carafe de café et en proposa à son fils. Gabriel s'assit sur le canapé usé, le même que celui sur lequel il sautait à pieds joints étant enfant. Son père le rejoint quelques instants plus tard, une tasse à la main. Visiblement inquiet, il mit quelques secondes avant de se lancer :

– Je n'ai peut-être pas fait exprès de parler de vengeance, ou peut-être que mon inconscient a parlé pour moi. Je crois que ce que je veux surtout, c'est que tu ne passes pas à côté du bonheur...

– Où veux-tu en venir ?

– J'y viens.

Le sorcier gratta sa barbe grisonnante, cherchant ses mots et le courage qui semblaient lui faire défaut à cet instant.

– Je n'ai pas toujours été un bon père Gabriel et Dieu sait que je m'en veux.

Gabriel balaya l'air de sa main :

– C'est du passé et je ne t'en ai jamais vraiment voulu. Tu travaillais beaucoup et tu étais seul pour m'élever. Je comprends.

– Non, en fait, la réalité est bien différente, fiston. C'est vrai que la version que nous t'avons donnée quand tu étais enfant faisait de moi un mauvais père et je l'ai assumé. Pour te protéger. Ta mère...

Sa voix se brisa et des larmes emplirent ses yeux noirs. Le sorcier fit un effort colossal pour poursuivre :

– Quand ta mère est morte, je n'ai pas continué à travailler. J'ai cherché à la venger.

– Mais de quoi ? Vous m'avez toujours dit qu'il s'agissait d'un accident de voiture.

– Et bien c'était faux. Je te demande pardon fiston, mais tu étais si jeune, tu n'aurais pas compris. Ta mère a été assassinée.

Gabriel sursauta, choqué par cette révélation.
- C'est impossible ! Pourquoi ?
- Je crois que c'est le moment pour toi de savoir. Je sais que tu m'en voudras de n'avoir rien dit, mais je t'en supplie, n'oublie pas que j'ai fait ça pour te protéger. Aujourd'hui tu es un homme et tu te retrouves face à un choix, je l'ai bien compris. Et je veux que tu aies toutes les cartes en main pour le faire.
- De quoi parles-tu ?

Gabriel perdit patience. Il voyait bien que son père peinait à lui dire la vérité. Mais il se sentait en colère et trahit par son propre sang. Malgré tout, il luttait contre ce sentiment, car il savait que son père avait raison : on ne peut pas tout dire à un enfant et c'est ce qu'il était encore à l'époque.

Il baissa les yeux vers les mains tremblantes de son père. Ce dernier continua d'une voix faible :
- Ce sont ces monstres de Dirigeants qui nous l'ont prise.
- Quoi ?

D'un bond, Gabriel se leva. Il avait la nausée et la tête qui tournait. Avait-il bien entendu ? Ceux pour qui il travaillait depuis des années, ceux qu'il avait défendus devant Zoé étaient-ils réellement les meurtriers de sa mère ?
- Fiston, assis-toi, calme-toi, je t'en prie.
- Me calmer ? Comment veux-tu que je me calme ?
- Je ne te dis pas tout cela pour te faire du mal, bien au contraire. Je cherche à t'aider dans tes questionnements. Le moment est venu Gabriel.

– Pourquoi ne pas me l'avoir dit avant ? Tu m'as laissé faire affaire avec eux !

À cette idée, la colère monta en lui avec une violence inouïe. Malgré tout, il ne dit rien et écouta son père demander :

– Quel autre choix avions-nous ? Te le dire alors que tu étais encore immature aurait pu te mettre en danger Gabriel ! J'ai pensé que tu étais enfin prêt à entendre la vérité … et c'est tellement dur pour moi…

Le jeune sorcier se rassit et attrapa son visage entre ses mains.

– Pourquoi ? Pourquoi elle ?

Dans son souvenir, sa mère était une femme douce et généreuse. Une femme sans histoire. Pourquoi les Dirigeants auraient-ils souhaité sa mort ?

– Pour me faire passer un message. On ne devait pas se rebeller, tout simplement. Ta mère et moi aidions les sorciers en fuite. Nous pensions que tout le monde avait le droit de choisir son chemin.

Abasourdi par ses révélations, Gabriel n'entendit pas la suite.

Son père dut répéter son prénom à plusieurs reprises avant de le ramener vers la réalité du moment.

– Fiston, je n'en étais pas sûr au départ. Alors j'ai mené ma propre enquête. J'ai d'abord découvert que les freins de sa voiture avaient été sabotés. Quand j'ai compris que c'était l'oeuvre des Dirigeants, j'ai voulu me venger. Mais quelle erreur ! Ce n'est pas ce qu'elle aurait voulu. Je ne t'ai pas vu grandir, j'ai dû te cacher chez tes grands-parents et chez Niko, j'ai perdu mon temps et ma santé pour rien. Je n'ai même pas réussi à savoir lequel d'entre eux était coupable. Ils le sont tous pour moi. Ils sont tellement puissants et ils ont beaucoup d'influence sur les autres. J'étais en danger moi aussi. J'ai eu peur. Je ne pouvais prendre le risque de te perdre. Alors, j'ai pris ma retraite anticipée comme tu le sais. Gabriel, tu m'écoutes ?

– Papa, je... J'ai besoin de temps pour digérer tout ça.

– C'est normal. Prends le temps qu'il te faudra, et quand tu m'auras pardonné...

Le sorcier ne le laissa pas finir sa phrase.

– Te pardonner ? Il n'y a rien à pardonner, je ne t'en veux pas.

Les épaules du vieux sorcier s'affaissèrent comme libérées d'un fardeau. D'un secret trop longtemps gardé. Il avait tellement eu peur que son fils le déteste à jamais. Il s'approcha de lui pour le serrer dans ses bras.

À présent, son fils savait. À présent, il se sentait en paix avec lui-même.

24

Hiver 1508

Le sorcier lâcha son étreinte et se détourna de Musa pour anéantir d'un simple regard le Rebelle qui lui avait asséné un coup dans le dos. Ce dernier se fendit le crâne avec sa propre massue. Si elle avait pu, Musa aurait hurlé. Son sang se glaça dans ses veines quand elle aperçut Richard, qui venait de gagner une lutte acharnée contre un des Dirigeants, se rapprocher d'elle et de son assaillant. Non, elle ne voulait pas qu'il s'approche, elle voulait qu'il s'enfuie loin de tout ça. Elle constata que leurs ennemis n'étaient plus que deux. Richard se jeta en hurlant sur le sorcier. Ce dernier perdit l'équilibre et fut déconcentré par l'assaut, ce qui permit à Musa de se libérer de son emprise mentale. La scène se déroula en un instant : les deux hommes combattaient, ne formant qu'un seul corps. Musa avait du mal à cibler son attaque. Elle dut attendre qu'ils s'écartent avant d'enflammer le corps du Dirigeant. Elle se précipita vers son cousin. Tous deux se tournèrent juste à temps pour voir le dernier Dirigeant s'enfuir. Ils étaient tous bien trop épuisés par le combat et personne n'essaya de le rattraper.

Richard, prenant appui sur sa cousine, la regarda, empli de fierté.

– On a réussi.

La sorcière le serra contre elle, mais il se dégagea en grimaçant. Une main contre son flanc, il retenait avec peine le liquide rougeâtre qui formait maintenant une vaste auréole sur son linge clair.

Musa hurla, paniquée : :

– Non, Richard ! Non !

Alertés par les cris, les survivants de l'attaque se réunirent tous autour de leur chef.

Marie était parmi eux. Elle s'approcha de Richard, les larmes au bord des yeux. Pétrifiée, elle regarda la scène avec horreur.

Richard tomba à genoux et sa cousine se précipita vers lui pour l'aider à s'allonger.

D'une voix douce, elle tenta de le rassurer :

– Je vais te soigner, je vais trouver une formule, attends, laisse-moi réfléchir une minute…

Ses mots étaient confus, prononcés à la hâte. Elle se sentait perdue et impuissante. Au fond, elle savait bien qu'aucun sort ne pourrait l'aider. Il avait perdu tellement de sang.

Le regard de son cousin se fit tendre :

– Ma douce Musa, on a réussi et c'est tout ce qui

compte. Ne lâchez rien ! Promets-le-moi !

Richard était essoufflé. Son visage devenait de plus en plus blême.

– Chut, ne parle pas…

Il insista :

– Promets-le !

– Oui, je te le promets.

Marie s'était agenouillée à son tour, se tenant tout près de son chef et ami. Les larmes coulaient le long de ses joues entachées par le sang des ennemis.

Elle l'implora :

– Ne nous laisse pas Richard !

– Marie… tu iras bien, tout ira bien.

– On a encore besoin de toi… j'ai besoin de toi !

Les aveux de la jeune femme semblèrent réchauffer le cœur de Richard. Il lui sourit tendrement et posa sa main sur sa joue, une main qu'elle attrapa fébrilement.

Richard continua dans un murmure :

– Je n'aurai pas d'héritiers, mais j'aurai au moins réussi à les détruire… à me venger…

En pleurs, Marie lui confia :

– Nous sommes tous tes enfants, Richard. Nous sommes ceux à qui tu as transmis ta flamme, ton courage, ton envie de te battre et de changer les choses.

Un air satisfait passa sur le visage du jeune sorcier. Musa, s'était mise derrière lui et le berçait doucement. Elle ne cessait de caresser ses cheveux, comme elle le faisait avec sa fille après un cauchemar.

Dans un dernier souffle, Richard demanda :
– Musa ?
– Je suis là, Richard, je suis là…

Mais le jeune sorcier ne l'entendait plus. Ses yeux, grands ouverts, fixaient le plafond. Doucement, Musa ferma ses paupières et déposa un dernier baiser sur sa joue.

Elle se sentait anéantie, mais elle lui avait fait une promesse : elle poursuivrait le combat, elle n'abandonnerait pas.

Jamais.

25

Zoé, été 2019

Zoé se sentait terriblement mal à l'aise. Ces sorciers n'avaient apparemment aucune confiance en elle et ils lui faisaient sentir. Tous la regardaient de haut. Elle s'était pourtant pliée aux exigences du groupe et elle avait réussi avec brio sa première mission. Pourquoi ne l'acceptaient-ils pas ?

Voyant sa détresse, Éric, le sorcier qui l'avait accueillie, s'avança vers elle.
— Ne leur en voulez pas, ils ne vous connaissent pas.
— Ils ne savent pas s'ils peuvent me faire confiance. Je comprends. Mais je n'ai jamais été du côté des Dirigeants et j'ai mené à bien la mission que vous m'avez imposée.

Un sorcier éleva la voix :

– Ouais, c'est justement ça le problème ! Tu n'as jamais été avec eux ni avec nous… On ne sait pas d'où tu sors !

Plusieurs sorciers confirmèrent.

Lisa, qui s'était faite discrète jusqu'à présent, prit la parole :

– Jonas, Zoé ne connaissait pas notre existence ! Nous en avons déjà parlé.

Jonas poursuivit avec véhémence :

– Et bien, c'est étrange ! C'est peut-être un coup monté tout ça !

Un brouhaha emplit la pièce.

Éric tapa du poing pour se faire entendre et calmer les sorciers.

– Lisa et moi avons décidé de lui accorder notre confiance. Et vous devrez en faire de même.

Zoé comprenait parfaitement leurs réticences. Il ne tenait qu'à elle de se faire accepter même si cela serait sûrement difficile. La méfiance dans leurs regards était là pour en témoigner.

Un jeune sorcier qui ne devait pas avoir plus de vingt ans s'exprima calmement :

– Peut-être pouvons-nous écouter sa version ?

– Que veux-tu dire, Nathan ?

– Et bien, elle peut nous expliquer pourquoi elle ne connaissait pas notre existence.

Zoé décida de prendre la parole avant même qu'Éric ne le lui demande.

– Honnêtement, je n'en sais rien.

Elle se racla la gorge, gênée de devoir se livrer devant tant d'inconnus. Elle se devait de leur expliquer son passé. Pourtant, la sorcière savait d'avance que rien dans ses révélations ne permettrait de gagner leur confiance.

– J'ai grandi avec ma mère et cette dernière m'a élevée en simple mortelle, elle ne m'a jamais parlé de sorciers ou de pouvoirs, pas même avant sa mort. C'est un des vôtres qui m'a révélé ma véritable nature. C'est par hasard que j'ai découvert mon pouvoir.

Elle décida de suivre les conseils de Gabriel en taisant ses difficultés pour maîtriser son don.
Un des sorciers, Dan, un brun aux lunettes qui avait un faux air du célèbre Harry Potter, ricana :

– Un peu trop facile comme explication…

Beaucoup hochèrent la tête pour confirmer ses dires. L'un d'eux poursuivit :

– Et c'est tout ?

Tout le monde parlait en même temps, les sorciers ne pouvant s'empêcher de chuchoter à voix basse pour exprimer leurs inquiétudes vis-à-vis de la nouvelle.

C'était tout ou presque. Devait-elle poursuivre ? Elle décida que oui et se lança :

– Pratiquement. J'ai juste découvert grâce aux pouvoirs de cet ami que mon ancêtre était une sorcière nommée Musa.

À l'évocation du nom de Musa, le silence se fit dans la salle. Les sorciers semblèrent comme médusés. Lisa et Éric regardèrent Zoé, stupéfaits.

– Tu as bien dit Musa ?

La voix de Lisa était chevrotante.

– Oui. Gabriel l'a vue dans une de ses visions.

Éric la questionna :

– Sais-tu qui elle est ?

– Gabriel m'en a parlé. Il voulait que je garde le secret, car cette sorcière aurait trahi sa communauté.

– Cela dépend de quel côté on se trouve.

Lisa regarda le sorcier aux cheveux gris, l'interrogeant du regard. Ce dernier demanda à Zoé de les suivre dans une des pièces attenantes. À peine avaient-ils fermé la porte que les sorciers se remirent à chuchoter.

Éric prit la parole :

– Zoé, Musa était une Rebelle. Et pas n'importe laquelle. Tu connais apparemment une partie de l'histoire de Musa, celle qui a été transmise de génération en génération au sein de la communauté. Celle d'une sorcière qui aurait trahi les siens. Mais il y a aussi la version que peu connaissent. Celle que nous nous transmettons, nous, les Rebelles.

Zoé l'écoutait avec attention. Elle allait enfin en savoir plus sur son ancêtre.

Lisa avança vers un placard et se saisit d'une clé. Elle

ouvrit un des tiroirs pour en sortir ce qui ressemblait à un vieux manuscrit. Elle posa le bouquin devant Éric, sous les yeux interrogateurs de Zoé.

Ce dernier s'assit derrière le bureau, invitant Zoé à en faire de même. Il était gagné par l'émotion et ses doigts tremblèrent légèrement lorsqu'ils se posèrent sur l'ouvrage. Lisa se mordillait la lèvre, ne cessant de regarder tour à tour le sorcier et la jeune femme.

Éric passa une main sur son visage.

– C'est... incroyable. Ce livre Zoé, c'est le livre de tes ancêtres.

Zoé regarda le vieux grimoire. Un sentiment indéfinissable s'empara d'elle. Un mélange d'excitation et de crainte. Elle avait tellement voulu comprendre et savoir qui elle était... Les réponses étaient certainement dans ce livre, à portée de main. Mais elle n'osait s'en approcher.

Le sorcier avança le journal vers elle.

– Je pense que ceci te revient Zoé. Même si ce bouquin fait partie de notre histoire à nous aussi.

Tu pourras en prendre connaissance dès que tu le souhaiteras.

À nouveau, il marqua une pause, laissant apparaître son trouble. Comme pour se justifier, le sorcier expliqua :

– Nous ne pensions pas réussir à trouver un jour une descendante de Musa.

– Pourquoi ?

– Tu ne sais rien et c'est normal. Tout est expliqué ici Zoé. Comme nous te l'avons dit, Musa était une des Rebelles, mais elle était surtout une des chefs des premiers Rebelles avec son cousin Richard.

– Les premiers Rebelles ?

– Oui, les premiers sorciers à se rebeller contre les Dirigeants, de manière organisée.

Lisa prit la parole à son tour :

– Zoé, tu sais comment se nomme notre groupe ?

Se sentant un peu ridicule, Zoé tenta :

– Euh, je sais qu'à la fin de vos lettres vous signez toujours EDR.

– C'est ça. Et EDR signifie les Enfants de Richard.

26

Gabriel, été 2019

Le trajet sembla durer une éternité. Le sorcier ne cessa de penser aux paroles de son père : elles tournèrent en boucle dans sa tête. Si elles l'avaient d'abord perturbé, il se sentait à présent plus sûr de lui. Son père avait raison : cette vérité éclatait au bon moment. Il en avait besoin. Depuis l'arrivée de Zoé dans sa vie, il s'était mis à douter de tout : de son allégeance aux Dirigeants, du possible bien-fondé de l'action des Rebelles et même de lui. Désormais, tout était clair et limpide.

Il tenta à nouveau de recontacter la jeune femme. Son cœur se serra à l'idée qu'elle puisse être en danger. Pourquoi ne répondait-elle pas ?

Son amour pour la jeune sorcière le consumait. Il avait essayé de vivre sans elle, mais c'était impossible. En peu de temps, elle avait pris toute la place dans sa vie et dans son cœur. Un lien mystérieux et invisible les reliait. Était-ce ça l'Amour ? Il n'en doutait plus.

Pourquoi laisser le passé détruire son avenir ? Un passé dont elle n'était même pas responsable. Un passé qui avait été certainement retranscrit par les Dirigeants à leur manière. Depuis le début, Zoé avait raison. Alors pourquoi s'était-elle rapprochée des Dirigeants ?

Il lui laissa un message, la suppliant presque :

— Zoé, je t'en prie, appelle-moi, c'est urgent. Je suis un idiot d'avoir voulu t'éloigner de moi. Je regrette, vraiment. L'essentiel c'est que tu ailles bien ! Zoé, je ne comprends plus rien ! Où es-tu ? De quel côté es-tu ? J'ai su que tu étais allé voir les Dirigeants, méfie-toi d'eux, Zoé… Bordel ! Décroche !

Il raccrocha et sentit son cœur se serrer dans sa poitrine. Habituellement, le sorcier maîtrisait ses émotions, mais quand il s'agissait de Zoé il ne répondait plus de rien.

Il roulait en direction de l'appartement de la jeune femme en espérant l'y trouver. Une fois sur place, il fut déçu de constater qu'elle n'y était pas.

Perdu, il décida d'appeler son ami quand son smartphone vibra dans sa main laissant apparaître le nom de Niko.

— Transmission de pensées, j'allais t'appeler.
— Tu as du nouveau ? Et ton père alors ?
— Je t'expliquerai. Pas de nouvelle de Zoé et toi ?

– Aucune. On doit aller au QG, Allan a eu une info de son indic et ils vont attaquer les Rebelles dès demain matin. On fait partie du groupe.

Gabriel sentit un frisson lui parcourir l'échine. Habituellement, l'idée de partir au combat lui plaisait, mais cette fois-ci c'était différent.

D'une part, il ne souhaitait plus s'impliquer avec les Dirigeants. D'autre part, il ne pourrait rien faire tant qu'il ne saurait pas Zoé en sécurité.

– Gabe ?
– Je suis là.

Il marqua un temps d'arrêt avant de poursuivre :
- Vas-y toi, moi je décline l'offre.

– Merde, t'es pas sérieux ! C'est pas une proposition que nous fait Allan, c'est un ordre ! Je sais très bien ce que tu penses et que tu t'inquiètes pour Zoé. C'est pour cette raison qu'on doit y être.

Le sorcier réfléchit rapidement et comprit que son ami n'avait pas tort. Si Zoé était avec les Dirigeants, elle serait en sécurité, mais si elle était avec les Rebelles alors il devrait être là pour la protéger.

– OK, mais avant passe chez moi, je dois t'expliquer pour mon père.

Il se baissa pour ouvrir la boîte à gant de son véhicule et en sortit un Glock 19. Il valait mieux être prudent. Il n'avait désormais plus aucune confiance en ses Dirigeants..

27

Zoé, été 2019

Zoé caressa le grimoire du bout des doigts. Les fines pages étaient rabougries et semblaient pouvoir se désagréger au moindre mouvement brusque. L'état du manuscrit témoignait de son ancienneté et avoir réussi à le conserver semblait relever du miracle.

Lisa lui conseilla de prendre le temps de le lire, mais lui proposa tout de même de lui faire un rapide résumé de son contenu.

La jeune sorcière fut attristée d'apprendre que son ancêtre avait dû fuir avec son amant, traqués sans relâche comme des bêtes sauvages par les Dirigeants. Elle le fut encore plus quand elle sut que cette jeune femme dut abandonner sa famille pour la protéger. Elle fut révoltée de savoir que les Dirigeants avaient massacré sa famille, ne laissant pour seul survivant que le jeune Richard. Elle se sentit pleine de fierté quand Lisa lui expliqua comment, à lui seul, il réussit à fomenter une rébellion. Sans se l'expliquer, Zoé se sentait liée à eux.

Lisa lui expliqua que le début du livre était écrit par Richard, mais qu'après son décès, Musa avait pris le relais.

Zoé questionna les sorciers :
— Richard est mort lors de l'attaque ?
— Oui. Il n'a pas survécu.
— Ce soir-là dut être terrible pour eux. Une défaite et la mort de leur chef.

Lisa plissa ses yeux bleus avant de préciser :
— Une défaite ? Non, ils ont gagné !
— Comment est-ce possible ? Les Dirigeants sont toujours en place!

Éric se gratta la tête et passa plusieurs fois les mains sur son visage avant de poursuivre :
— Un seul Dirigeant a survécu, mais il a regroupé ceux qui n'étaient pas là lors de l'attaque et ils ont éliminé la majorité des Rebelles encore en vie. Seuls quelques membres ont survécu, comme Musa. Ils ont décidé de se séparer et de s'enfuir. Pour survivre. Ils ont continué leur action dans l'ombre. Puis Musa a laissé l'ouvrage à une amie, Marie. On sait que ce sont les arrière-petits-enfants de cette dernière qui ont repris le flambeau.

– Et Musa ?
– L'histoire ne le dit pas.

La Dirigeante chuchota presque :
– Petite, quand mon père me racontait cette histoire, j'imaginais que Musa avait retrouvé sa famille...
Zoé n'en croyait pas ses oreilles : l'histoire de son ancêtre était contée aux enfants des Rebelles, comme on raconte l'histoire de Blanche Neige ou de Cendrillon.

Lisa se racla la gorge comme gênée et poursuivit d'un ton plus assuré :
– Zoé, ce que je vais te dire va t'éclairer sur la raison pour laquelle tu ne savais pas qui tu étais.
La jeune sorcière ouvrit de grands yeux ronds avant de s'écrier :
– Quoi ? Comment avez-vous cette information ?
– C'est écrit dans le livre.
– Comment pouvait-elle savoir ce qu'il allait m'arriver ?
– Parce qu'elle en est responsable.
Zoé ne comprenait pas. Musa avait vécu il y a plus de cinq siècles, comment pouvait-elle agir sur son présent ? Lisa lui en donna l'explication :
– Musa a lancé un sortilège pour protéger sa famille et tous ses descendants.
Bien sûr, c'était évident. Zoé comprenait maintenant pourquoi ni elle ni sa famille n'était au courant de leur véritable nature. Elle demanda :

— Donc le sortilège implique de camoufler notre nature de sorcier au reste du monde ?

— C'est ça. Musa a jeté un sort pour rendre ses descendants mortels aux yeux des sorciers. Ainsi les Dirigeants ne pouvaient plus s'en prendre à eux. À vous.

Une question pourtant s'imposa à Zoé :

— Mais Gabriel a senti que j'étais une sorcière. Comment est-ce possible ?

Éric fit la moue avant de répondre :

— Peut-être grâce à son pouvoir ?

Lisa secoua la tête tout en feuilletant le manuel, prenant soin de ne pas l'abîmer.

— Non, c'est parce qu'ils s'aiment, Éric !

Les joues de la jeune sorcière avaient viré au rouge cramoisi.

— Je ne vois pas trop en quoi notre relation vient jouer un rôle là-dedans…

Tout en continuant de tourner les pages, Lisa lui répondit :

— Mais tout, justement ! Musa, comme pour tout sortilège, a permis que ce sort soit brisé. L'amour était à l'origine de ce sortilège et c'est l'amour qui pourrait le rompre.

— Tu ne vas pas me dire que depuis cinq cents ans personne n'est tombé amoureux d'un de mes ancêtres ?

— Peut-être que cela a été le cas… mais il faut que cela soit un sorcier. Un simple humain n'aurait pu le faire. Et il fallait aussi que cet amour soit puissant.

Elle continua de chercher puis soudain elle cria presque :

— Je l'ai ! Là, c'est écrit :

« Que leurs pouvoirs restent endormis et qu'ils restent invisibles aux yeux des sorciers.
Seul le véritable amour pourra briser le sortilège. »

- Voilà je savais bien que c'était ça !

Pensive, Zoé finit par rompre le silence au bout de quelques secondes :

— Je ne suis pas sûre que Gabriel soit amoureux de moi… nous ne sommes même plus ensemble.

Face à la tristesse de la jeune femme, Éric se leva doucement et se dirigea vers la porte.

— Je vous laisse entre vous… Zoé, j'étais déjà ravi de vous accueillir, mais maintenant que je sais qui vous êtes, je dois vous dire que c'est un grand honneur de vous avoir parmi nous.

Il lui sourit et referma la porte derrière lui, sans même attendre sa réponse. Réponse que la sorcière aurait bien eu du mal à lui donner, tant l'émotion lui nouait la gorge.

Lisa lui avoua comprendre à présent la raison de leur séparation. Zoé se confia :

— Honnêtement, je ne peux pas lui en vouloir. Comment aimer celle dont l'ancêtre a détruit votre clan ?

Nous sommes destinés à être ennemis.

— Non, je suis sûre des sentiments de Gabriel à votre égard. Il changera d'avis. Je l'ai longuement observé au fil de ces années et jamais je ne l'ai vu ainsi. En votre présence, cet homme est comme métamorphosé.

Zoé fut à la fois ravie et contrariée par les propos de Lisa.

— Vous l'observez ? Je savais bien que je n'avais pas rêvé la première fois que je vous ai vu !

Sentant un brin de jalousie dans les propos de la jeune sorcière, Lisa éclata d'un rire franc.

— N'ayez pas d'inquiétude Zoé ! Je l'observais en tout bien tout honneur ! Je sais que ce n'est qu'une question de temps pour que Gabriel Larch rejoigne nos rangs, alors je l'ai à l'œil.

— Quoi ? Mais pour quelle raison ?

— Croyez-moi, une fois que son père lui aura dit la vérité, il prendra position, ce qu'il n'a jamais vraiment fait.

— Son père ? La vérité sur quoi, je ne comprends pas.

— Ce n'est pas à moi de vous parler de ça… Gabriel le fera, je n'en doute pas. Comme je ne doute pas de son amour envers vous.

Zoé espérait que Lisa ne se trompait pas. Pourtant une pointe d'angoisse lui comprimait la poitrine. Comment être sûre que Gabriel reviendrait vers elle ?
Par réflexe, elle jeta un regard vers son portable. Aucun appel. Remarquant sa déception, Lisa ajouta :

— Aucun appel ne passe ici. Nous sommes dans la

campagne et le réseau est plutôt mauvais.

Inutile donc d'attendre des nouvelles de Gabriel.

28

Gabriel, été 2019

– Tu vas finir par user le plancher !

Gabriel faisait les cent pas dans le salon. Il venait de raconter à son ami ce que son père lui avait avoué quelques heures plus tôt.

– Tu imagines, Niko ?
– Je sais que tu es choqué et pour être honnête moi aussi. Mais on doit rester concentrés. En même temps ce n'est pas comme si on était très proches des Dirigeants. Je veux dire on les a toujours un peu snobés, non ?
– Ouais…

Le sorcier était peu convaincu. Il s'en voulait surtout de ne pas avoir vu la vérité plus tôt.

– Allez, Gabe, on n'a jamais vraiment eu confiance en

ces gars. Encore moins en cette tête à claques d'Allan.

Son ami avait raison. Ils ne faisaient pas de vague. Mais ils ne comptaient que sur eux même. Jamais ils n'avaient demandé quoique ce soit aux Dirigeants. Gabriel reprit, la gorge serrée :

– Je dois trouver Zoé. Je dois lui dire que je m'en veux, que je regrette...

– Que t'es un crétin ?

Gabriel le foudroya du regard :

– Oui, merci de ton soutien !

– Pas de quoi mon pote !

Niko lui lança un regard taquin. Depuis le temps qu'ils se connaissaient, ils pouvaient se dire les choses sans filtre.

Un bip retentit et chacun attrapa son portable : un message d'Allan leur demandait de les rejoindre immédiatement.

– Merde !

Gabriel s'interrogea :

– Les Rebelles ne doivent pas s'y attendre du tout. Pourquoi maintenant ?

Sans grande conviction, Niko tenta une explication :

– Ils ont dû réussir à attraper un des Rebelles. Un des leurs a dû craquer et leur révéler leur planque. Je ne vois que ça.

Tout en parlant, les deux amis regagnèrent la voiture de Gabriel et roulèrent en direction de l'immeuble des Dirigeants.

– Ou alors ils ont une taupe depuis un moment et ils ont attendu le meilleur moment...

Cela faisait plus de cinq minutes que Niko envisageait

toutes les possibilités. Comme si cela avait réellement une importance. Gabriel ne disait rien, car il savait que lorsque son ami était nerveux plus rien ne pouvait l'empêcher de parler. Il le laissait évacuer la tension à sa manière.

Une fois devant le bâtiment, il lui demanda sur un ton inquiet :
– Niko, je ne veux pas qu'il t'arrive quoi que ce soit par ma faute.
– De quoi tu parles ?
– Tu dois rester en dehors de tout ça.
L'Érudit ouvrait de grands yeux ronds.
– En dehors de quoi ?
– Ne prends pas position.
– Trop tard Gabe. Tu es mon ami, mon frère. Le choix est déjà fait. Alors, ne gaspille pas ta salive pour rien !

Il n'allait pas insister. Au fond de lui, il n'en attendait pas moins de la part de son meilleur ami. Il avait juste ressenti le besoin de le prévenir. Il ne savait pas comment la situation allait évoluer, mais au moins il savait qu'il ne serait pas seul.

Ils sortirent de la voiture en silence quand Niko, s'apercevant de l'air sombre de son ami, se risqua :
– Elle est peut-être juste chez elle et elle ne veut pas nous répondre.
– J'espère.

Allan les attendait, les bras croisés, assit sur son

fauteuil. Soudain, il se leva comme sur un ressort et les invita à le suivre. Il se sentait presque excité à l'idée de partir combattre. Ils étaient une dizaine et Gabriel se demandait pourquoi il se joignait à eux. Certainement l'envie de voir les Rebelles réduit à néant. Comment pouvait-il en être autrement ? Ils attaqueraient par surprise au petit matin et avec la présence de deux Dirigeants, de Protecteurs et d'Érudits comme Niko, il savait la partie gagnée. Sauf que deux d'entre eux avaient changé de camp. Que Zoé soit présente ou pas, Gabriel ne comptait pas les aider. Bien au contraire. Il ne pourrait peut-être pas combattre à visage découvert, cela lui semblait trop risqué, mais Niko et lui pourrait sûrement prévenir les Rebelles juste avant l'attaque. C'était son plan.

Le convoi se dirigeait droit vers le repaire des Rebelles. Discrètement, Gabriel envoya des messages à son ami pour lui dire quelles étaient ses intentions. Ce dernier était prêt à le suivre.

Les véhicules longèrent une petite route caillouteuse avant d'arriver dans un bosquet. Au loin, on pouvait deviner la demeure des Rebelles, une vieille et grande bâtisse à demi cachée par les arbres. Ils étaient assez loin pour ne pas se faire repérer. À toute vitesse, Gabriel réfléchissait. Il devait trouver un moyen pour les avertir. Il semblait bizarrement plus détendu. En y réfléchissant, il ne voyait pas comment Zoé se serait retrouvée dans cette maison avec le clan des Rebelles. Même si elle les avait rejoints, il était peu probable qu'elle ait déjà connaissance du lieu de leur quartier général. Le cœur plus léger, il tenta d'élaborer une stratégie. Lorsqu'ils approcheraient, dans la nuit, ils s'isoleraient d'un côté de la demeure et feraient suffisamment de bruit pour donner l'alerte. Ils devraient ensuite se faire discrets.

Ce n'était pas leur genre. Ils avaient plutôt tendance à foncer dans le tas. La mission s'avérait plus compliquée qu'il n'y paraissait.

29

Zoé, été 2019

Lorsque Zoé était ressortie de la salle du fond, les regards que les sorciers posaient sur elle étaient différents. Certains lui adressèrent même un petit sourire. Celui qui, un peu plus tôt l'avait questionnée, lui jeta un regard gêné avant de se lancer-:

– Je comprends mieux maintenant. Et je suis désolé. Bienvenue Zoé.

Il lui tendit une main comme pour prendre un nouveau départ. Zoé la lui serra avant de sourire et de se détourner pour aller s'isoler. Ce qu'elle voulait, c'était feuilleter le livre qu'elle avait glissé au fond de son sac. Au moment d'ouvrir les pages, son cœur s'accéléra dans sa poitrine. Elle avait toujours voulu connaître ses origines et ce soir elle tenait enfin son passé entre les mains. Elle le feuilleta de longues heures avant de sombrer dans un sommeil hanté par les ombres du passé.

Zoé se réveilla en sursaut. Quelqu'un la secouait fortement.

– Zoé, réveillez-vous !

Elle mit du temps avant de se souvenir de l'endroit où elle se trouvait et la scène lui sembla un instant irréelle, comme dans un rêve.

Le sorcier la regarda, les yeux grands ouverts, l'inquiétude déformant presque son visage.

– Dépêchez-vous ! On nous attaque ! On a entendu du bruit, nous devons sortir par-derrière.

À ces mots, la sorcière se leva d'un bond. Elle chercha Lisa du regard, mais ne la trouva pas. Le jeune homme dû comprendre, car il rajouta :

– Chacun s'organise, Lisa dirige les troupes. On a besoin de vous, on a de la chance de vous avoir. Votre pouvoir est tellement puissant !

Elle n'osa pas le regarder. Comment allait-elle justifier son absence de pouvoir ? Ils allaient tous se faire massacrer et elle ne pourrait rien y faire. Comme pour le confirmer, elle ferma les yeux et chercha à faire monter le pouvoir en elle. Rien. Le sorcier la poussa et ils couraient maintenant en direction de la porte du fond. Personne ne faisait de bruit. Pourtant tous s'affairaient. On pouvait lire la panique au fond de leurs yeux. Ils n'avaient pas envie de se battre, mais ils le feraient puisqu'ils y étaient contraints. Peu de temps avant, Lisa avait expliqué à Zoé comment les Rebelles comptaient faire leur coup d'État. Et ce n'était pas par la violence, car cela n'avait jamais marché. Non, cette fois, ils avaient collecté suffisamment d'informations compromettantes concernant les Dirigeants pour que même les hauts placés comprennent qui ils sont réellement. Les bombes qui avaient été posées n'avaient servi qu'à détourner leur attention. La force était envisagée en dernière option. C'était le cas aujourd'hui.

Le souffle court, Zoé avançait en suivant les autres, telle une machine. Elle n'était pas prête pour ça ! Si seulement Gabriel était là. Elle se détesta de penser à lui à ce moment-là. Il l'avait quittée, abandonnée…

Soudain, un énorme bruit retentit. L'attaque venait de commencer. Cette fois, les hommes criaient. Pour s'organiser, par peur, mais aussi de douleur. Une fois dehors, Zoé se retrouva au beau milieu d'un champ.

Elle vit les hommes se battre tout autour d'elle et elle se sentit perdue.

— Allez, allez…

Elle fit appel à son pouvoir pour la deuxième fois, mais rien ne se passa. Elle resta là, tétanisée, à regarder les sorciers lutter pour leur vie.

Un des hommes hurla :

— Protégez Zoé !

Quelqu'un se plaça devant elle et mit en place un bouclier de protection semblable à une barrière dorée. Il était épuisé.

– Je ne tiendrai pas longtemps, je suis blessé et j'ai déjà utilisé mon pouvoir pendant de longues minutes…

Elle vit le sang couler le long de son bras. Elle voulut s'approcher de lui, mais son corps ne bougea pas d'un centimètre. La peur la gagna et tout son corps se mit à trembler. Elle n'arriva même pas à parler.

Le sorcier la regarda avant de lancer à son attention :

– Zoé, ressaisissez-vous ! Aidez-nous !

– Je…je… je n'ai aucun contrôle sur mon pouvoir.

À ce moment-là, elle n'aurait su dire si c'était de la colère ou du désespoir qu'elle lut sur le visage du jeune homme. Mais elle eut comme un électrochoc. Elle ne pouvait pas rester coincée derrière un bouclier sans bouger. Elle devait réagir. Et si elle ne pouvait pas se servir de son pouvoir, elle pouvait toujours utiliser d'autres armes.

Elle s'avança vers lui d'un pas décidé :

– Combien d'armes avez-vous ? Il m'en faut une !

En même temps, Zoé déchira le bas de son chemisier et enroula la bande improvisée autour du bras du sorcier. Surpris par ce revirement de situation, il la regarda d'un air hébété. Une fois le pansement de fortune réalisé, il se pencha et attrapa une arme qui était cachée à sa cheville.

– Tenez ! et soyez prudente ! Vous êtes prête ? Je vais bientôt devoir lâcher…

Joignant le geste à la parole, le sorcier fléchit et se laissa tomber au sol. Le bouclier s'évapora, et Zoé se trouva seule, en plein milieu d'un champ de bataille, avec, pour seule arme, un holster.

30

Gabriel, été 2019

Niko et Gabe avaient fait suffisamment de bruit pour les alerter. Ne restait plus qu'à espérer que le combat se déroule bien. Ils avaient pris la décision, ensemble, de se retourner contre les Dirigeants. Ils essaieraient d'immobiliser leurs compagnons, les uns après les autres, aussi discrètement que possible. Ils s'étaient mis en planque dans un endroit qui leur semblait stratégique : de là, ils pouvaient apercevoir le champ et ils pourraient intercepter des sorciers pour les neutraliser. Ils étaient peu nombreux. Allan avait tout misé sur l'effet de surprise. Et leur puissance. S'ils arrivaient à mettre hors d'état de nuire les deux Dirigeants, ils auraient presque la certitude de gagner. L'autre Érudit n'était pas aussi puissant que Niko et Gabriel était un excellent combattant. De leur emplacement, ils pouvaient voir que le combat avait

débuté. Allan ne tarderait pas à s'apercevoir de leur absence. Comme pour valider leur discours, un des Protecteurs arriva en courant dans leur direction.
– Que faites-vous ? Il y a un problème ?

C'était une aubaine pour eux et ils n'allaient pas passer à côté.
Gabriel s'avança d'un pas nonchalant, l'autre ne vit rien venir. Il lui asséna un coup de poing en plein visage pour le déstabiliser avant de l'attraper par le cou et de serrer afin de lui faire perdre connaissance. Un de moins. Ils le laissèrent, inconscient et attaché près d'un arbre, à l'abri des regards.

Devant eux, un spectacle auquel ils n'avaient jamais assisté auparavant : des sorciers combattaient entre eux, et la violence jaillissait de toute part. Des éclairs zébraient le ciel, le bruit des armes retentissait et certains, dans un dernier espoir, luttaient même à mains nues. Soudain, le cœur de Gabriel s'arrêta. Il venait de voir Zoé, debout, entourée par d'autres sorciers. Il pointa la jeune femme du doigt en hurlant :
– Niko ! Zoé est là !
– C'est pas vrai ! Merde !
– On doit la sortir de là !

Pris par un sentiment de panique, Gabriel se jeta sans réfléchir dans la bataille. Il attrapa son arme et courut droit vers la femme qu'il aimait et qu'il savait en danger.
Derrière lui, Niko le suivait de près. Soudain, Gabriel se figea :

Allan venait d'apercevoir Zoé. Ce dernier la toisa d'un air écœuré :

– Zoé Keller...vous ici !

Voyant qu'elle ne répondait pas, l'homme poursuivit :

– Vous êtes morte, Keller ! Et c'est moi qui vais m'en charger.

Tout en disant cela, le Dirigeant leva la main pour utiliser son pouvoir de magnétisme sur elle. L'arme de la jeune sorcière bougea seule dans les airs et se tourna dans sa direction.

En un éclair, Gabriel se jeta sur Allan. Niko courut vers elle pour la protéger. Plusieurs sorciers se ruèrent sur eux et il tenta de les repousser. En vain. Ils étaient trop nombreux. Dans la confusion, Niko était attaqué par les deux camps. Il jeta un œil en direction de Gabe et comprit qu'il devait agir vite. Sans perdre un instant, il posa ses doigts fins sur son avant-bras, à l'endroit où les lames étaient tatouées. Les armes se matérialisèrent dans ses mains. Il protégea Zoé tant qu'il le put, mais il comprit rapidement que cela ne suffirait pas. Quitte à être épuisé, il le serait en gagnant ce combat. Il frôla cette fois le tatouage du dragon qui apparut instantanément dans les airs. La chimère tournoya et attaqua sans scrupule les sorciers qui l'affrontaient.

De son côté, Allan ne perdit pas un instant et cracha presque à l'intention de Gabriel :

– Évidemment, tu te ranges du côté de cette garce !

L'arme qui était retombée à terre se redressa dans les airs. Cette fois-ci elle pointait le crâne de Gabriel.

Zoé hurla :

– Gabriel ! Attention !

La colère se mélangea à sa peur et soudain elle ressentit à nouveau cette sensation de brûlure lui parcourir le corps. Elle eut le sentiment d'être en flamme. Elle repensa aux conseils du sorcier et tenta rapidement de maîtriser son pouvoir. Toute l'intensité et la chaleur se focalisèrent dans ses mains et des flammes en jaillirent. Aussi immenses que celles que le puissant dragon de Niko crachait depuis plus d'une minute. La lueur des flammes l'aveuglait presque, mais elle supporta tout : la lumière intense qui lui brûlait les yeux et la douleur qu'elle ressentait. Elle supporta tout par amour pour Gabriel. Jamais elle ne laisserait Allan lui prendre ce qu'elle avait de plus cher au monde.

Enhardie par la survenue de son pouvoir, elle cria à l'intention de Gabriel :

– Écarte-toi !

Un jet de lumière bleue et orangée se dirigea droit sur Allan. Affolé, il tenta de se protéger, mais la vague de flammes l'avala en un instant.

Zoé ne s'arrêta pas là. Comme possédée par son pouvoir, elle incendia deux autres sorciers qui menaçaient une des Rebelles. Épuisée et certainement choquée par ses actes, Zoé s'affala sur le sol, laissant tout autour d'elle un cercle de feu.

– Zoé, tu vas bien ? Réponds-moi, je t'en supplie !

La jeune femme hocha la tête doucement.

– Gabriel, tu t'es battu de mon côté…

– Bien sûr, qu'est-ce que tu croyais ?

Il caressa le visage de celle qu'il avait essayé de fuir, mais qui lui avait manqué à chaque instant. La retrouver était comme retrouver la pièce manquante d'un puzzle. Il se sentait complet.

– Je serai toujours de ton côté Zoé.

Autour d'eux, le combat prenait fin. Ils avaient gagné. Ce n'était qu'une bataille, mais c'était une bataille de moins à remporter.

D'un geste tendre, il enroula ses doigts autour des phalanges de zoé.

– Tu es brûlante… Ça y est tu maîtrises ton pouvoir ?

Gênée, elle baissa timidement les yeux avant de lui répondre :

– Toujours pas non.

– Alors comment as-tu réussi à t'en servir ? Peut-être que tu y arrives en cas de danger ?

Elle inspira un grand coup, comme pour se donner du courage et elle avoua :

– Non. Lisa m'a donné un vieux manuscrit écrit par mes ancêtres. Même si Musa avait jeté ce sortilège pour protéger sa fille et sa lignée, elle avait prévu qu'il soit possible de le briser.

Intrigué, il fronça les sourcils et lui fit signe de

poursuivre.

Elle s'éclaircit la voix avant de rajouter :

– L'amour.

Gabriel plissa légèrement les yeux :

– L'amour ?

– Oui, le véritable amour peut briser le sortilège.

Il posa un regard empli de passion sur elle.

Il joua un instant :

– Précise…

La bouche de Zoé resta entrouverte quelques secondes et elle lui tapa légèrement l'épaule :

– T'es pas sérieux ! Tu sais très bien ce que je veux dire !

– Peut-être que je veux juste t'entendre le dire…

– Moi ? Mais non ! C'est toi qui as brisé le sortilège donc c'est toi en fait, c'est toi… tu…

– Je t'aime, je t'aime comme un fou Zoé.

Il ne lui laissa pas le temps de répondre et il plaqua sa bouche contre la sienne.

Un peu étourdie, elle le repoussa légèrement pour lui murmurer au creux de l'oreille :

– Il semblerait que je t'aime aussi puisque j'ai pu utiliser mon pouvoir.

Il saisit son menton et l'embrassa.

La voix grave de Niko les interrompit :

– Tout le monde va bien ?

Le dragon et les lames avaient retrouvé leur place sur le corps musclé du sorcier.

Gabriel se leva et serra dans ses bras son acolyte, se sentant heureux d'avoir survécu à ce combat.

Plus loin, Lisa les salua d'un signe de la tête. Elle sourit, épuisée, mais rassurée de voir que Zoé était saine et sauve. Il était temps de faire le bilan. Et d'avancer. Puisque les Dirigeants avaient lancé les hostilités, ils allaient les poursuivre. Ils avaient cumulé suffisamment de preuves compromettantes les concernant : des vidéos filmées en cachette, des écoutes téléphoniques enregistrées, des documents... Une fois que tout ceci serait dévoilé, les autres ne pourraient plus se taire. C'était une chose de se douter, mais c'en était une autre de savoir. Ils seraient révoltés et plus rien ne les arrêterait. Cette fois, EDR irait jusqu'au bout. Cette fois, ils gagneraient.

Les deux sorciers aidèrent Zoé à se relever. L'usage de ses pouvoirs l'avait vidée. Elle finirait par s'y habituer, mais pour l'instant, cela lui avait demandé une trop forte concentration. Et malgré les apparences, elle était choquée. Par ce combat. Par les morts gisants autour d'elle. Par ses propres actions. Gabriel capta son regard, qui s'attarda sur les restes calcinés du Dirigeant.

– Zoé... je suis désolé. Je me sens coupable...

La jeune sorcière s'indigna :

– Coupable ? Tu es fou ! Le seul coupable c'est ce monstre.

Elle désigna le tas de cendres.

Elle poursuivit, la voix quelque peu chevrotante :

– C'est vrai, j'ai mal au cœur de voir ce que j'ai fait,

mais c'est lui qui nous a attaqué, lui qui a commencé à tuer, et encore lui qui allait te faire du mal...

Un sanglot s'échappa de sa gorge, mais elle ne s'arrêta pas :

– Je sais que si je ne l'avais pas fait, tu ne serais plus là. Alors jamais je ne regretterai. Jamais.

Il caressa doucement son visage et sécha la larme qui roulait sur sa joue avant de la serrer contre son torse.

Lisa les avait rejoints et elle semblait sincèrement touchée par les paroles de la jeune femme.

– L'histoire se répète Zoé. Seul l'amour comptait pour Musa. Sa vie a basculé le jour où elle a été forcée, comme toi, à utiliser son pouvoir contre les siens, par amour, pour sauver celui qu'elle aimait. Et je comprends aujourd'hui pourquoi elle a permis que le sortilège soit brisé sous cette condition.

– Mais je jure que cette fois, nous ne fuirons pas ! Et cette fois, nous finirons le combat, tous ensemble, et nous le gagnerons !

D'autres sorciers s'étaient rapprochés du groupe pour écouter Zoé. Ils saluèrent ses paroles par un cri dans lequel se mélangeaient la rage, le courage et le désir de vivre libre.
Tous en avaient assez de subir le dictat des Dirigeants et de devoir se taire.

Tous comprenaient que ce n'était pas un hasard si ceux qui commandaient étaient ceux dont les pouvoirs permettaient de manipuler les esprits des autres ! Et cette ère était révolue ! Zoé était déterminée à achever l'œuvre commencée par ses ancêtres des siècles plus tôt.

D'une main tremblante, la jeune sorcière tenta tant bien que mal de se dévêtir. Les événements de la journée se bousculaient dans son esprit et tout lui revenait en tête avec violence. Elle avait beau dire à Gabriel que tout allait bien, elle se sentait éprouvée. Mais par-dessus tout, elle se posait mille questions. Elle ne cessait de penser aux paroles de Lisa. Aussi étrange que cela puisse paraître, l'histoire se répétait. Malgré ses paroles, elle était terrifiée. Allait-elle vivre comme Musa ? Allait-elle devoir fuir avec Gabriel, Niko et les autres ? Non, c'était inenvisageable. L'époque n'était plus la même. Les temps avaient changé, les gens aussi. Ils réussiraient là où les premiers Rebelles avaient malheureusement échoué. Si l'histoire se répétait, c'était sûrement pour lui donner une fin différente. Il ne pouvait en être autrement.

Gabe se rapprocha d'elle pour l'aider. Il posa sur elle un regard tendre et qui se voulait réconfortant. Le silence emplissait la pièce, mais il était bénéfique. Il tendit la main vers son chemisier pour l'aider à se déboutonner. Il ôta délicatement son jean et la regarda se diriger d'un pas hésitant vers la salle de bain. Gabriel ne savait pas s'il devait la forcer à parler ou bien lui laisser du temps et la laisser seule. Il choisit la deuxième option. Le temps d'une douche. Par la suite, il chercherait à sonder les profondeurs de son âme. Il la savait paniquée et inquiète, mais elle ne voulait pas l'admettre. Peut-être pensait-elle qu'il la jugerait faible ? C'était pourtant tout l'inverse, il était en admiration devant elle. Alors qu'elle ignorait tout de leur monde il y a encore peu de temps, elle se retrouvait soudain au cœur d'une bataille de grande ampleur. Il se demandait si elle avait vu les regards des autres sorciers posés sur elle. Peut-être était-ce cela qui lui avait fait peur ? Lui en tout cas était terrorisé. Il avait du mal avec le fait que celle qu'il aime soit vue comme celle qui venait pour les guider. Elle était la descendante de Musa, et si pour les Dirigeants cela voulait dire qu'elle était la sorcière à abattre, il en était autrement pour les Rebelles. Était-elle prête à prendre cette place ? En avait-elle seulement envie ?

Il entendit la porte de la salle de bain s'ouvrir et Zoé apparut dans l'entrebâillement, ses cheveux roux humides descendant le long de ses épaules, une serviette enroulée autour d'elle. Il en était convaincu, elle était la plus belle de toutes ses visions, présentes, passées ou futures réunies. Il s'approcha d'elle et murmura : – Jamais plus je ne te laisserai partir...

– J'espère bien !

– Je me rends compte que je n'ai pas eu le temps de te demander pardon. Savoir qui tu étais m'a perturbé bien plus que je n'aurai pu l'imaginer. J'ai été stupide de penser que cela aurait de l'importance, car la vérité, c'est que cela n'en a pas. Il m'a fallu du temps pour l'admettre. Je crois qu'au fond, je ne voulais pas décevoir mon père. Mais en réalité, peu importe qui tu es, peu importe ce que tu fais, je suis à toi, Zoé

Keller.

La jeune femme se rapprocha de lui, avec l'unique envie de se blottir dans ses bras, contre son torse. Là où elle se sentait à l'abri, là où elle se sentait sereine.

– Je suis à toi aussi, depuis le premier jour.

Une perle salée se forma au coin de son œil.

– Parle-moi, Princesse.

– Que veux-tu que je te dise ?

– Je ne sais pas ? Que tu es en colère ? Triste, perdue, paniquée ?

Zoé sourit :

– À dire vrai, c'est un peu tout cela à la fois. Je me sens en colère contre les Dirigeants. Triste d'avoir dû en arriver là. Perdue et paniquée à l'idée de devoir poursuivre ce combat en étant…en étant celle que je suis.

– Tu es Zoé. Tu es la femme que j'aime. Le reste suivra.

Il avait su trouver les mots pour la rassurer.

– Pour ce soir, je ne veux plus penser à rien. Juste à nous.

En disant cela, elle posa ses lèvres charnues sur celles de Gabriel. Ce dernier fit glisser la serviette de coton au sol et la souleva dans ses bras pour la porter jusqu'au lit. Cette nuit-là leur appartenait. Ils ne penseraient qu'à s'aimer jusqu'au lever du jour.

31

Gabriel et Zoé, été 2019

Les coups de sonnette incessants eurent raison de leur sommeil.
— Mais qui est-ce ?
— En tout cas, pas Niko, il ne sonne pas, il entre !
Gabriel enfila un tee-shirt et un short à la hâte avant d'ouvrir la porte. Lisa se tenait là, le sourire aux lèvres et un sachet de viennoiseries à la main.
— J'ai apporté le petit déjeuner ! Et les plans pour les jours à venir…
Tout en disant cela, elle tapotait le sac gris clair qu'elle portait en bandoulière.
Elle balaya le salon du regard, à la recherche de Zoé.
Le sorcier l'invita à entrer :
— Faite comme chez vous, Zoé arrive.

– Je savais bien que je la trouverais chez vous.

– Très perspicace.

Ne tenant pas compte de la remarque, Lisa se lova tel un félin dans le sofa et sortit les documents que contenait son sac.

Zoé les avait rejoints et elle s'était assise près de la sorcière, un croissant à la main.

– Avec ceci, on pourra les faire tomber sans aucun problème.

Elle étalait devant elle des papiers, mais aussi plusieurs clés USB.

Elle poursuivit :

– On a avancé la date. Ce soir on balance tout sur les boîtes mail des autres sorciers. Tout le monde sera au courant de leur projet, des meurtres orchestrés et de tout le reste.

– Pourquoi si tôt ?

Lisa regarda la jeune femme rousse.

– Parce qu'ils ont confiance en vous ! Vous leur avez donné l'espoir et la confiance qui leur faisait parfois défaut. À moi aussi Zoé.

– Je ne comprends pas pourquoi.

– Parce que vous êtes la descendante de Musa. Combien y avait-il de chance pour que nous retrouvions une de ses descendantes ? Si vous n'aviez pas croisé le chemin de Gabriel, si vous n'étiez pas tombés amoureux, le sortilège aurait perduré. Mais c'est arrivé. Alors, ils y voient un signe. Celui qui nous dit que nous devons agir, maintenant.

Zoé demanda :

– Que dois-je faire ?

– Rien. Vous êtes un symbole.

Elle rajouta, de l'émotion plein la voix :

– Il ne s'agit que d'espoir Zoé. Il n'a toujours été question que de cela.

Soudain, un grand bruit sourd, certainement une porte que l'on referme sans ménagement, les fit sursauter.

Lisa se redressa d'un bond, mais Gabriel la rassura :

– C'est Niko, je reconnais le bruit de ses pas.

– Et sa façon d'entrer, rajouta Zoé, il faudrait peut-être lui dire que je ne m'habille pas toujours le matin non ?

Gabriel ne put s'empêcher de sourire en imaginant la scène. Il ne savait pas qui des deux serait le plus choqué. Son ami arriva en criant presque :

– Vous êtes au courant ? Oh, bonjour, Lisa…

– Bonjour ! Nous devrions être au courant de quoi ?

– On vient de me dire que deux des derniers Dirigeants en place viennent de prendre la poudre d'escampette. Ils ont préféré fuir plutôt que de nous affronter.

Le visage de Lisa se ferma :

– Quand est-ce que cela s'est passé ?

– Ce matin, il y a moins d'une heure. Ils ont démissionné de leur poste.

– Il faut dire que l'on a cassé « le noyau dur ». Quatre Dirigeants en moins, cela a dû leur faire étrange.

Un silence plana dans la pièce. La situation évoluait en leur faveur. Peut-être que finalement, cela serait plus simple que prévu. Ils n'avaient pas eu besoin d'attaquer, juste se défendre. Le reste avait suivi. Les Dirigeants avaient paniqué. Certains avaient été éliminés, d'autres s'étaient enfuis. Pour ceux encore présents, les révélations devraient leur porter le coup de grâce.

Avant de les quitter, Lisa promit de les tenir informés. Les informaticiens du groupe lanceraient l'attaque virtuelle ce soir et dès demain, ils en verraient les conséquences.

Epilogue

Rien n'est immuable. Tout change. Et la vie des sorciers aller changer à tout jamais.

Allongé sur l'herbe, le regard fixé sur la longue chevelure rousse de Zoé, Gabriel songeait à la chance qu'il avait. Cette femme, magnifique et brillante était la sienne. Chacun de ses gestes était empli de sensualité. Elle semblait ne faire qu'un avec son tableau. Se sentant épiée, la jeune femme se retourna, un sourire aux lèvres :

–Tu veux quelque chose, Gabriel Larch ?

Il prit appui sur une de ses mains pour se redresser et se dirigea droit sur elle. Il l'entoura de ses bras et posa ses lèvres dans son cou en murmurant :

–A part, toi, rien. Je n'ai besoin que de toi.

La voix grave et moqueuse de Niko rompit le charme :

–Wow ! Déjà vous êtes dans un parc et en plus vous n'êtes pas tout seuls !

Il rajouta en faisant un clin d'œil :

Et si tu veux avoir la chance d'exposer à nouveau un tableau chez moi Zoé, il ne faut pas te laisser déconcentrer !

Les amis chahutèrent un instant, puis Zoé se remit à peindre, un nouveau paysage aux couleurs vives.

Au lendemain de la divulgation des données compromettantes sur les Dirigeants, les quelques rares Dirigeants encore au pouvoir avaient préféré faire comme leurs collègues. Prendre la fuite.

Les sorciers avaient reçu les vidéos et ils étaient en colère. S'ils subissaient jusqu'alors, ils réalisèrent qu'il était temps d'agir. Ils ne voulaient plus supporter l'oppression ni les règles que la minorité imposait. Ils se regroupèrent tous au quartier Général des Dirigeants, les Rebelles en tête. En peu de temps, la place fut libre.

À présent, tout restait à faire. Ils devaient créer un nouvel ordre. Plus juste.

Le passé avait rejoint le présent. Ils ne faisaient désormais plus qu'un. Les sacrifices des ancêtres n'avaient pas été vains. La boucle était bouclée. Tout était lié.

On pouvait appeler ça le destin, le hasard ou une coïncidence.

L'incroyable hasard d'être tombés l'un sur l'autre. L'étrange coïncidence d'un passé commun. La formidable destinée qu'ils avaient accomplie, ensemble. Gabriel et Zoé. Parce qu'une étincelle suffit parfois à rallumer la flamme. Une étincelle d'amour, de courage ou d'espoir…

REMERCIEMENTS

Tout d'abord, merci à mes parents de toujours croire en moi et de me soutenir.

Merci à Sébastien de m'avoir supporté pendant cette période et d'avoir été là pour moi. Merci à Nathan d'être mon premier fan.

Merci à Sandra pour tout ce temps passé à me relire, me corriger et me conseiller. Ton aide a été précieuse.

Merci à Maureen, Alexandra et Aurélie pour vos conseils, vos avis et tout simplement votre présence lors de la dernière ligne droite.

Merci également à mes proches, famille et amis, qui se reconnaîtront, et qui m'ont suivi durant cette formidable aventure.

Printed by Amazon Italia Logistica S.r.l.
Torrazza Piemonte (TO), Italy

53703684R00136